澪の大切な親友
大友《おおとも》 凛《りん》
宏を愛し憧れるオタク少女
水橋《みずはし》 澪《みお》
お気楽呑兵衛姉さん
溝口《みぞぐち》 真琴《まこと》
しっかり者のおっとりママさん
香月《かづき》 詩織《しおり》
澪の同級生で凛の彼氏
山手《やまて》 総一郎《そういちろう》
春菜ちゃん、がんばる？
フェアリーテイル・クロニクル
10
Haniwaseijin
埴輪星人

貫禄が出てきた
パパさん
香月《かづき》 達也《たつや》
宏を愛し尊敬する
異世界の姫様
エアリス
宏を愛し慕う
ナイスバディエルフ
アルチェム・
アルテ・オルテム
宏を愛し支える
スーパーヒロイン
藤堂《とうどう》 春菜《はるな》
アズマ工房の顔
東《あずま》 宏《ひろし》

「私、藤堂春菜は、あなたが好きです。
愛しています」

春菜ちゃん、がんばる？ フェアリーテイル・クロニクル

⑩ 埴輪星人
Haniwaseijin

CONTENTS

始まりの独り言

まずはライムちゃんのことかな

美優おばさんから「必要以上に生き急いでない？」
って言われたときはすごくドキッとしたし、
詩織さんとエレーナさんのおかげで
ライムちゃんはライムちゃんなりの答えが出せたし、

やっぱり大人ってすごいんだなって思う

アズマ工房の新人指導でやった地引網は、
名状しがたい魔物とかレーフィア様とか
イレギュラーなことがあったけど
お祭りみたいににぎやかで楽しかったな

あと……曾お爺ちゃんのことは残念だったけど
ちゃんと冬華のことが紹介できて
ほんとに、ほんとによかった

第79話　そういうんは、慣例に従っといたほうが楽やからなぁ

「わざわざ足を運んでもらって、すまんな」

「さすがに、今回の内容でうちが呼びつけるわけにもいかんやろう」

二月に入ってすぐのある日。

宏《ひろし》はエアリスとの婚約関連の打ち合わせで、ウルス城を訪れていた。

「それで、結局僕は何をすればええん？」

「今日のところは婚約に関する契約内容の確定と書類の作成だ。いくら王女を嫁がせるとはいえ、お前に不本意な契約を押しつけるわけにはいかん。可能な限り配慮をするから、気に食わんことがあったら遠慮せずに言ってくれ」

「それはええんやけど、言うたことなんでも全部通るっちゅうわけやないんやろ？」

「そうだな。こちらとしてもどうしても譲れない条項はあるし、譲ってもいいができればエアリスのために吞《の》んでもらえるとありがたいものもある。お前に不本意な契約を押しつけたくはないが、譲った結果妹が不幸になる可能性があっては本末転倒だ」

念のために確認してきた宏に対し、言わずもがなな答えを返すレイオット。

そもそも今回の契約書は、宏とエアリス、双方に対して外部から余計な横やりを入れさせないためのものだ。

うるさい連中を黙らせて数年後にエアリスを宏のもとに無事嫁がせることができれば、極端な話

条件など一切なくてもいいぐらいである。

「そらまあ、そうやわな。それに、あんまり緩いといらん横やり潰《つぶ》すんに全く役に立たんっちゅうことになりかねんし」

「ああ。とはいえ、官僚がどんな条項を仕込んでいるか分からん。一応確認したが、他の条項と合わせると問題が、とか、解釈の違いでゴリ押しが、とか、その手のやり口で何か仕込んでいる可能性が高い」

「官僚の常套《じょうとう》手段っちゅうやつか」

「そういうことだ。分かる範囲では潰したが、私のような若造に完全に見抜かれるようなやり方はしていまい。恐らくすべては追いきれていないはずだから、エアリスやアルフェミナ様と相談して対処してくれると助かる」

「了解や。レイっちに見せたあとから、補足条項っちゅう名分で追加してへんとも限らんし、よう確認して話進めるわ」

「さすがにそこまでの不正はしていないと思いたいが、自分達の部署と国益のために暴走するのも官僚だからな。本当に申しわけないが、注意して進めてくれ」

「まあ、がんばるわ」

レイオットの言葉に、苦笑しながらそう告げる宏。

古い組織にありがちなこの手の役人の暴走や腐敗というのは、一度や二度組織の大粛清をした程度でどうにかなるほど、根っこが浅いものではない。

そもそも官僚機構というものはある程度以上の権限を与えなければ仕事にならないが、同時にその権限が腐敗へつながりかねないという構造的な問題を抱えている。

さらに言えば、官僚機構は基本的に与えられた仕事をひたすらこなすだけの集団だ。

そこに、ほどほどだの国家全体を考えてだのといった発想はなく、自身の与えられた役割を果たすためなら、どんな手段でも取ろうとする。

これは個々の人員が優秀かどうかや考える能力を持っているかといったことは関係なく、そもそも官僚組織というのがもともとそういう役割を与えられているからである。

まだ歴史が浅いうちはいいのだが、成熟し伝統や先例が積み重なってくると、組織の役割上部門最適になりがちで、かつ権限や担当範囲を少しでも広げようと動きがちだ。

結果として、与えられた命令に従いつつより自分の組織に利益が来るように仕事を進めた結果、『確かにやれとは言ったが、いったいなぜそのやり方でやったのか？』というような方法になったりする。

言うまでもなく、そういう方向に暴走するのは大抵権限が強い上層部であり、中間管理職や末端の実行部隊は基本的に少しでも効率よくかつ全体にとって最適になるように行動はする。

が、どこが暴走したかなど部外者にとっては関係ないのも事実で、組織の内外問わず必要以上に役割に忠実な連中の暴走に巻き込まれるほうはたまったものではないのだが。

「にしても、悩みの種類が平和になったもんやなあ」

「国としては、平和だと言ってられない話なのだがな……」

宏のお気楽な台詞《せりふ》に、苦い顔でそう突っ込むレイオット。

その後も話し合いの準備が整うまで、そんな緩い漫才を続ける宏とレイオットであった。

☆

「くっ！　婚約の契約書にここまで余計な仕込みをしているとは！」

辞書かと言いたくなるほど分厚い契約書類をエアリスの目を通して見ながら、焦りの表情を隠そうともせずにそう吐き捨てるアルフェミナ。

もうすでに三桁近い数の指摘をエアリスに飛ばしており、いい加減我慢の限界を超えたのだ。

「よくもまあ、これだけの数、罠《わな》としか言えんような附帯事項を仕込めるものじゃのう……」

「春菜《はるな》殿の体質の影響で正確な予測ができなかったとはいえ、さすがに事前に見積もった最大値を二割も超えてくるとは思いませんでした……」

「人間の悪知恵というやつも、なかなかのものじゃ。……こいつもダメじゃな。拡大解釈の仕方によっては、儂《わし》らよりファーレーン王家のほうが上位に来ると定義できてしまいおる」

「そのパターン、トータルで七件目ですよね……」

「うむ。今のところ、各案に最低でも一つは仕込んでおるな」

アルフェミナだけでは見落としもあろうと、チェックに全面的に協力しているダルジャンが、心底呆《あき》れたようにそう指摘する。

あくまで拡大解釈なので、実際にそんな主張をすれば当然のごとく神罰の対象になるのだが、そのきっかけを神の側が作ってしまうのは具合が悪い。

「念のためにアルフェミナが未来視をしてみるまで抜け穴に気がつかんかった条項もあったあたり、

妙な執念を感じるのう」

「考えたのは人間の官僚なのは間違いありませんが、恐らく何かしらの干渉を受けているのでしょう」

「厄介な話じゃなあ……」

「バルドが概念として復活したこともそうですが、背後には複数の、それもどちらかというと愉快犯的な存在が関わっていそうです」

「そやつらをどうするつもりじゃ？」

「そもそも正体が分からないので、現時点でわたくしにはどうしようもありません」

「そうか。つまり、状況的には例の創造神の時に近いわけか」

「手が出せないという意味ではそうですが、相手が健在であることと正体が不明であることが違いますね。まあ、でも……」

「でも？」

「実害が宏殿に及ぶ時点で、間接的に春菜殿にも被害が出るので、恐らくただでは済まないでしょうね」

「ふむ、道理じゃの」

アルフェミナの言葉に、心の底から納得するダルジャン。

春菜の体質は、春菜や身内に悪意を持って被害を与えた場合、まず間違いなく与えた被害以上のダメージを返してくる。

しかもこのダメージ、食らうのが直接手出しした連中だけとは限らないどころか、関係者ではあっても案件そのものには関与していない者にまで普通に飛び火する。

そこまでやっておいて、体質ゆえにコントロール不能、場合によってはその報復で春菜自身にも被害が及ぶのだからどこまでも性質《たち》が悪い。

このあたりのことは新年会で周知徹底されたはずなのに、それでもこんな形でちょっかいを出してくるのだから、神といえども頭が悪い者は本当に頭が悪いようだ。

「というかの、アルフェミナ。そやつらは本当に、黒幕とその協力者という形で動いておるのか？」

「……どういうことです？」

「いや、なに。どうにもやり口がちぐはぐというか、足並みが揃《そろ》っておらん感じがしての。黒幕がいて何やら企《たくら》んでおるというのであれば、もう少し動きが揃うのではないかと思うんじゃ」

「……ああ、確かにそうですね。ということは……、たまたま同じ目的を持った連中が、たまたま知ったバルドというおもちゃを使って、それぞれ好き勝手に仕掛けてきている？」

「と考えたほうが、動きの説明としてしっくりくる感じがしての」

「……絶対にありえないとまでは言えないところですか。となると、黒幕がいたとしても単に面白半分でバルドの概念を広めただけで、こちらに対して何かを仕掛けるつもりはない？」

「恐らくの。それどころか、儂らや宏殿に対しても、これといった興味があるかどうか疑わしい。どうにも、混乱が起これればそれでよし、結果として誰がどうなろうがどうでもいい、という感じではないかと思うんじゃ」

「それが正しいとして、結局我々では対処不能な点は変わりませんね……」

「うむ」

ダルジャンの説得力のある、だが状況的に何も変わらない内容の推測に納得しつつ、しばし悩んだのち割り切って、考えるのをやめるアルフェミナ。

連中の行動によって出てきた、もっと重大な問題があるのだ。

「……勝手に自滅するであろう未知の黒幕や調子に乗って仕掛けてきている連中のことは、この際置いておきます。現状問題になるのは、むしろ破滅回避のためにエアリスに神託を送るたびに、せっかく弱めてあったリンクがどんどん強くなっていくことです」

「儀式の最中に降神させられたことが効いておるのう。ようやく歴代程度まで薄まっておった神気も、完全に元通りになっておる」

「元通りどころか、全盛期を超えてしまっています。宏殿に嫁ぐことを考えれば、この状態は極めてまずい」

「曲がりなりにも、お主は億年単位で主神をやっておるからのう。自身の巫女《みこ》とそれだけ強くつながってしまえば、赤子も同然の新神ごとき婚姻の契約一つで意識すらさせず乗っ取ってしまうな」

「実際にはほぼ相打ちになったうえで、経験の差でわたくしの人格だけが残るというところでしょう。それでも、仮にそうなっても宏殿の人格が少しでも残っていればまだどうとでもなりますが、宏殿も春菜殿も割と微妙なバランスで人格が維持されています。直接影響を受けるわけではない春菜殿はともかく、宏殿のほうはそれこそ奇跡が起こっても無理でしょう」

「春菜殿の体質のほうでどうにかできんか？」

「分かりません。春菜殿の体質はそれこそ何が起こるか分かりませんので、宏殿の人格が消し飛んだ挙句にこちらが消滅することになる可能性すらあります」

「そうか。いや、そうじゃな、そうなるのう」

アルフェミナの言葉に、なんとも評しがたい言い回しで納得するダルジャン。

アルフェミナと春菜はかなり友好的な関係ではあるが、だからといって春菜の体質は一切忖度《そんたく》などしない。

余談ながら、ダルジャンに限らずフェアクロ世界の神々は、邪神討伐後は宏と春菜のことを名前に殿をつけて呼ぶようになっている。

「一応回避方法はあるのですが、エアリス自身はともかく春菜殿の倫理観に沿うかどうかが分からないのが怖いです」

「ふむ。そういえば、日本というのは一夫一妻の国であったな」

「それもあるのですが、同性同士の性的な接触についてどう考えているのかと、それに自身が関わらざるを得ないという点についてどう反応するのか、そこが全く読めないのがとても怖い」

「ふむ、そうじゃのう……」

アルフェミナの懸念について、真剣に同意するダルジャン。

言わねば最悪の事態となるが、言えば言ったでどんな反応が返ってくるか分からない。

まるで地雷原でタップダンスをさせられているような気分だ。

「無責任なようじゃが、言わねば破滅へ一直線なのじゃから、腹をくくって話をするしかあるまいて。そもそも、本来なら事が起こってすぐ、もしくは後始末を終えたぐらいのタイミングで話をしておくべきことじゃぞ？」

「……はい。返す言葉もありません……」

「宏殿がああじゃからこそ助かったが、少し前などは非常に危なかったのじゃろう？　これ以上先延ばしにするのは、無用なリスクを負い続けるだけじゃ」

「ええ、分かっています。今回の契約書で覚悟を決めました。人の恋路による慶事にこれだけ水を差してきたのですから、わたくしとともに報いを受けてもらいましょう」

「うむ。それが宿命じゃて」

ついに腹をくくったアルフェミナを、いつもの言い回しで激励するダルジャン。

「ただまあ、まずはこの契約書を潰してからですが……」

「うむ。というか、アルフェミナよ」

「なんですか？」

「どうせ碌《ろく》なことは仕込んでおらんのだから、附帯項目は全部却下で押し通させれば面倒がなくてよかろう？」

「そうですね。そう通達してから、春菜殿に連絡を入れることにしましょう」

ダルジャンの意見を採用し、エアリスにそう通達するアルフェミナ。

その流れで、オクトガル経由でウルスに来ていた春菜に呼び出しをかける。

「ダルジャン、骨は拾ってくださいね」

「拾える状態で終わることを祈っておこう」

エアリスが契約書の附帯事項を全部却下するのを見届けながら、そんな風に無駄に悲壮感漂うやり取りをするアルフェミナとダルジャン。

こうして、アルフェミナはどこに地雷があるか分からない話し合いに向かうのであった。

☆

「やっと終わったで……」

一時間後。ようやく契約書にサインを終えた宏が、エアリスの私室でぐったりしながらそうぼやく。

ウルス城にあるエアリスの私室に入るのは何気にこれが初めてのことなのだが、そんな感慨を抱く気力は今の宏にはないようだ。

「お疲れさまでした」

「ほんまに、油断も隙《すき》もあったもんやないで……」

「本当に、そうですね……」

手ずからお茶を淹《い》れながら、宏を労《ねぎら》うエアリス。

今回の契約書作成はエアリスにとっても大層面倒くさい作業であったが、正直そのことに文句をつける気はない。

というより、神を出し抜こうとした担当者達のその後を考えると、いちいち文句を言うだけの価値を感じない。

「あんだけ分厚い契約案持ってきて、結局残ったん共通の三項目だけとか、すごい徒労感があるんやけど……」

「まあ、ヒロシ様から私達に求めることがない時点で、項目を削ることはあっても増やすことはありませんでしたから……」

宏のぼやきに対し、苦笑しながらエアリスがそう言う。

今回の婚約に関して交わされた契約を大まかにまとめると、

・エアリスは宏の第二夫人として婚約し、正式な婚姻の時期は未定
・婚姻が成立するまでエアリスの立場や各々《おのおの》の関係は慣習に従う形での現状維持とし、この婚約においてて双方ともにファーレーン王国およびそこに属する各組織、アルフェミナ神殿、アズマ工房に対して特別な権利や義務を求めない
・この婚約は宏とエアリス双方の合意においてのみ解消でき、どちらかに対して圧力や対価を持って解消を強要した場合、アルフェミナの名において神罰の対象とされる

という内容になる。

このほかに、各項目に対して抜け道を作るための例外項目をずらずらと並べたものが複数パターン用意されていたのだが、どの項目も必要なら個別に交渉すればいいという宏の主張と、アルフェミナのアドバイスを受けたエアリスによる致命的な悪用方法の指摘、アルフェミナからの最後通《つう》牒《ちょう》により、軒並みばっさり削除されたのだ。

「本来ならば今すぐ独立して神の城へお引っ越し、という形にすべきだったのですが……」

「そういうんは、慣例に従っといたほうが楽やからなあ」

少し残念そうにするエアリスに対し、内心で冷や汗をかきながらそうなだめる宏。

最初はそのつもりだったエアリスに、ヘタレて待ったをかけたのだから少々立場が弱い。

「そもそも、エルかて姫巫女《ひめみこ》以外にもいろいろ仕事してんねんから、いきなり投げ出すんはヤバい

やろ」

「それはそうなのですが……」

「単に政治的な権力を持ってへん、っちゅうだけで、この国の王女様はお飾りやなくていろいろ仕事しとるらしいやん。エレ姉さんですら、体調戻ってからユーさんと結婚するまで王女として仕事しとったみたいやし」

「はい。別に王女でなければできない仕事ではないのですが、王家の人間がその看板を使って進めたほうがスムーズに終わることは、私達が担当しています」

「で、その手の仕事の引き継ぎにやっぱり半年ぐらい時間とっとったっちゅう話聞いたんやから、ちゃんと最低限回るようには面倒見んとあかんで」

「そのとおりですね」

宏に窘《たしな》められ、頭が冷えたエアリスが急ぎすぎたと反省する。

実のところ、『慣習に従う形での現状維持』という項目を入れたのは、宏がヘタレたこと以外にも、いくつか無視できない大きな事情があって、ファーレーン側がこの項目だけは決して妥協しなかったからというのもある。

それらの事情で特に大きなものが、今エアリスに抜けられると姫巫女が不在になる、というアルフェミナ神殿の切実な問題だ。

一応エアリスにはエリーゼという同腹の妹がおり、その王女が姫巫女の資質を持ってはいる。が、残念ながら末っ子のエリーゼはカタリナの乱のあとに生まれたため、現時点でまだ四歳。エアリスがちゃんと姫巫女の役割を果たすようになった年齢どころか、形だけ就任した年齢よりも幼い。

　しかも、エリーゼの資質はカタリナやエレーナを大幅に上回るとはいえ、その気になれば常時神降ろしができるエアリスとは比較にもならない。

　この状況でエアリスが完全に独立してしまうと、神殿が機能不全に陥る。

「そういえば、僕は会うたことないんやけど、エルの妹さんってどんな娘《こ》なん？」

「どんな、と言われると説明が難しいのですが、そうですね……。オクトガルに育てられた影響か、非常にのんびりしたところがあります」

「オクトガルかあ……」

　エアリスの言葉で、なんとなく人間像をつかんでしまう宏。

　オクトガルは伝染するので、エリーゼ王女はのんびりしているというより、極端にマイペースで物事に動じない性格をしているのだろう。

「まあ、非常時でもその態度を崩さへんのやったら、ある意味すごい頼りになる性格やわな」

「そうですね。ただ、現時点でそれが分かるような非常事態は起こっていませんし、仮にその時に態度が変わらなかったとしても、年齢的にちゃんと理解できていないだけ、という可能性もありますので……」

「そらまあ、そうやわなあ……。どっちにしても、最低限思春期に入るぐらいまでは性格とかそんなにしっかり固まらへんし、もうしばらく様子見やな」

「はい」

　四歳五歳の子供について、今からごちゃごちゃ言っても仕方がない。そう割り切って、なるようになるだろうと楽観することにする宏とエアリス。

そもそもの話、エリーゼの躾《しつけ》や教育に関して、エアリスは責任を負う立場にない。

一応姫巫女としての教育や引き継ぎを行うが、エアリスが教えるのはあくまで神職としての知識や作法のみ。それ以外のことは、王妃や王宮の教育係が責任を持って教えることである。

宏に至っては完全な部外者であり、下手をすれば自身かレイオット、もしくはマークの結婚式まで顔を合わせる機会すらないかもしれない間柄だ。

こう言っては何だが、エリーゼがどうなろうと知ったことではないのである。

「あと、引き継ぎ関係に関しましては、どちらかというと神託について意識を変えるのが大変そうだな、と……」

「あ～……」

エアリスの懸念事項に、思わず声を上げてしまう宏。

巫女の資質に関してはよく分かっていない宏だが、それでもいくらエリーゼがすごい資質を持っていようと、エアリスほど軽い調子で神託を得ることなどできないことは察している。

カタリナの乱の前後で内容は違うが、ここのところ政治機構という点ではずっと荒れた状態が続いていたファーレーンにおいて、エアリスの神託は実に重宝されていた。

アルフェミナとしてもファーレーンが安定してくれないと困るため、求められるまま積極的に助言を行っている。

それ以外にも愚痴だのなんだので頻繁に神託を下していることもあり、今アルフェミナ神殿にいる中堅以下の神官達は、神託というものを非常に身近なものだと錯覚している。

その結果、現在は神託ありきのシステムがあちらこちらに出来上がってしまっており、これがエアリスをすぐに手放せない最も大きな事情となっているのだ。

この状況が健全ではないことなど考えるまでもなく、どうやっても姫巫女を続けられなくなる宏との婚姻は、この状態を脱するにはちょうどいい機会と言えよう。

「過去にこういう状況になったときはどないしとったん？」

「さすがに私ほどアルフェミナ様に近い巫女が生まれたことはないようですので、前例と呼べるようなものは……」

「なるほどなあ。あるとしたら初代ぐらいやろうけど……」

「さすがにそんな神話の時代の話となると、はっきりした記録は残っていませんので……」

「そらまあ、そうやろうなあ。っちゅうたかて、アルフェミナ様自身に当時どうやったか聞くんもなあ。本人にあんたの影響力減らす方法教えてくれっちゅうんは、仮に教えてもらえたとしてもなんかモヤッと来るで……」

「はい……」

宏の言葉に、心底困ったという表情を隠そうともせずに同意するエアリス。

そもそもの話、国の黎明期《れいめい》であった初代巫女の時代と、長い歴史を経て様々な面で成熟しつつ何度目かの発展期に差しかかろうとしている現在では、状況が全く違う。

恐らく、参考になるかどうかすら怪しいだろう。

「しかし、聞けば聞くほど難儀なことなってる感じやけど、部外者が大人しくしてる間にどうにかなりそうなん？」

「分かりません。ですが、あまり手間取るとそれだけ結婚するのが遅くなりますので、がんばって何とかします」

「無理せんでもええで」

「私だけ、もしくは巻き込んでもアルチェムさんぐらいなら気にせずゆっくり進めるのですが、ハルナ様やミオ様をお待たせするとなると……」

「いやいやいや。日本では三十過ぎてから結婚するんも珍しないから、それこそアルチェム待たすぐらいの感覚でもかまへんで」

「あの……、ハルナ様が三十歳を過ぎるということは私も二十五歳を超えるので、さすがにそんなに待つのは嫌なのですが……」

あまりにのんびりしたことを言い出した宏に、思わず不満そうに声を上げるエアリス。

十年後でも人間換算ではまだ中高生のアルチェムはともかく、エアリスはさすがに二十歳を超えるといろいろ面倒なことが多くなり、二十五になるとたとえ婚約していても周囲は行き遅れ扱いをしてくる。

神に嫁ぐという特殊性に鑑みても、あまりよろしい状況とは言えないのは間違いない。

澪《みお》と違ってすでに成長も老化も止まりつつあるが、それを踏まえてもリミットは二十歳であろう。

なお、エアリスがアルチェムを巻き込んでも平気なのは、アルチェム本人が全く結婚を焦っていないどころか、百年ぐらいは大丈夫ですよと朗らかに笑いながら言っているからである。

さすがにそこまであっけらかんとされると、気を使おうという気が削《そ》がれてしまっても仕方がないだろう。

「っちゅうても、日本の法律とか世間一般の意識とかが変わらん限り、最低でも五年は待たなあかんねんで」

「それは重々承知していますが、やはり私はこちらの意識にさらされる人間です。それに、日本でも婚姻は十八から可能だと伺っていますので、前に倒せるならそうしたいと思ってしまいます」

「そこはもう、あんだけ胸あってなお、下手したら小学生に見えてまう澪の体格と童顔に文句言うてや」

珍しく甘えと媚《こ》びがにじんだエアリスの言葉に、普段言わないセクシャルな言葉まで使って身も蓋《ふた》もない事実を突きつける宏。

宏がわざわざ二十歳にこだわる理由は、ほぼすべてそこに集約される。

なお、宏達の日本では法改正により新年度から未成年は男女とも十八歳から結婚可能となるが、保護者の許可が必要なのは変わっていない。

「どっちにしても、すぐに結婚やなんやっちゅう話にならんのは変わらんねんから、諦めて大人しく引き継ぎと教育がんばり」

「……はい」

宏に言われ、少し残念そうに頷《うなず》くエアリス。

とりあえず、宏に結婚を意識させることができただけでも御《おん》の字《じ》と自身に言い聞かせ、機が熟すのを待つことにする。

「せやせや。結婚っちゅうたら、レイっちのほうはどないなん？」

「お兄様ですか？　リーファ様や周囲の様子を伺う限りでは、リーファ様が成人なさればすぐにでも、という雰囲気ですね」

「っちゅうことは、もう婚約したん？」

「正式にはまだですが、恐らく近いうちに婚約が結ばれると思います」

「なるほどなあ。ほな、お祝いについても考えとかなあかんな。婚約の段階やからほどほどにせなあかんか？」

「あの、結婚祝いでもあまり気合いを入れないようにしていただいたほうが、お兄様とリーファ様の胃の健康上よろしいかと思います」

自分達の結婚問題から話を逸《そ》らしつつ、親友の結婚に絡んでアップを始める宏。

理由が制度や世間的な問題の面倒さにシフトしているとはいえ、自分の結婚には一貫して消極的というか逃げ腰なくせに、他人の話になるとやたら生き生きと前のめりになるあたり、なかなかに自分勝手なヘタレである。

そんな宏に対して、内心で冷や汗をかきながらブレーキをかけようとがんばるエアリス。

一瞬いちゃついたように見えたのもつかの間、結局そういう甘い雰囲気になることもないまま夕食時までのんびりだべる宏とエアリスであった。

☆

「ご足労いただき、ありがとうございます」

宏とエアリスが契約書の作成を終えたのと同じ頃。

春菜はアルフェミナに呼び出され、天界にある神々の庭を訪れていた。

「あの、アルフェミナ様。重要な用件というのは……」

「その前に、春菜殿。以前にもお伝えしたと思うのですが、わたくしとあなたは対等の存在です。様付けではなく呼び捨て、もしくはもう少し軽い敬称をつけていただけないでしょうか？」

「……努力はしますけど、すぐにはちょっと……」

「そこは理解しています。ただ、上下関係が固定されると、それはそれはまずいことになりますので、無理にでも矯正してください」

「……そんなにですか？」

「はい、そんなにです。我々のような存在に対する、そのあたりの意識の影響を甘く見ないでくださいね」

「……もう少し、猶予をください」

「分かりました。できるだけ早くお願いしますね」

困った表情で春菜にそう釘《くぎ》を刺すアルフェミナ。

その様子から、宏や春菜がアルフェミナを様付けで呼ぶと、何か重大な問題があるようだ。

「それで、わざわざ春菜殿を呼び出した用件ですが」

「はい」

「エアリスが宏殿のもとに嫁ぐ影響について、特に重要なマイナス要素を春菜殿に説明しておく必要があったのです」

「あの、それって当事者の宏君に直接説明したほうが……」

「そうでなくても結婚そのものに及び腰な宏殿が、そんな話を聞いてこのまま婚約を続けるかどうかはかなりの賭けになると思いませんか？」

アルフェミナに反論され、思わず言葉に詰まる春菜。

確かに宏はどうにか自分達との婚約を受け入れてくれたが、今の時点ではあくまで形だけのことだ。

いくらあと何年かあるといっても、このまま結婚に向かって突き進んでしまっていいのかという迷いは、春菜ですら持っている。

宏の持つ迷いや結婚に対する後ろ向きな意識はそれ以上なので、ここでその手のネガティブな話をすれば本気でやめると言いかねない。

婚約を結んだ以上、もはやそれが許される段階は過ぎているのだが、仮に婚約を結ぶ前だったとしても、今更結婚できないなどというのはさすがにエアリスがかわいそうすぎる。

「私に話を持ってきた理由は納得しました。その悪影響というのはどんなものですか？」

「恐らく予想はついているでしょうが、一番大きなものは、わたくしとの接続が成立してしまう可能性が高いことでしょう」

「それはもう、ならないほうが不思議かな、と思っていましたけど……」

「春菜殿が想像しているであろう状態より、かなり深刻なのです。なにしろ、神格こそ宏殿や春菜殿のほうが上ですが、積み重ねてきた時間と経験はわたくしが圧倒的に勝ります。それだけに、下手をすれば宏殿がこの世界を乗っ取りながら、わたくしが宏殿の人格を完全に食い潰す可能性もあります。それも、決して低くない確率で」

予想以上に重い悪影響に、驚きを隠せない春菜。

「あの、かなり大きな話になってるので、念のために認識のすり合わせをしたいんですけど……」

「そうですね。そのほうがいいでしょう。ではまず、接続が成立したときに起こりうることを、どの程度把握していますか？」

「神の城がアルフェミナ様……じゃない、アルフェミナさんの世界から切り離せなくなって、宏君が半分そちらの世界に帰属する形になるのかなって思ってました」

「ところが、残念ながら一番軽度でもわたくしの世界は宏殿の一部として管理下に置かれることになります。当然、わたくしも宏殿の従属神となるでしょう」

「そんなに、ですか？」

「はい。一番重い結果だと、わたくしは完全に宏殿に取り込まれてしまいます。そのくらいには、宏殿とわたくしとの間に力の差があります」

予想以上に強い神になっていた宏に、思わず唖然《あぜん》としてしまう春菜。

他人事《ひとごと》のように考えているが、実のところ強さ的には春菜もほぼ同じである。

「ただし、神としての力の強さと、自我や人格の強さは別です。高い神格、強い力を持って発生しながら、ほとんど自我を持たない神というのも時折発生します。無論、そういった神は即座に神格を乗っ取られて取り込まれ、誰かの糧になってしまうのですが」

「それが、宏君と接続が成立したときに起こりうる、と……」

「接続強度にもよりますが、今のままだと、まず間違いなく起こりますね。比較的穏当なところでソレスとルシェイル、ムーナのように複数の人格・神格が混じりあって均衡し、時々性別と人格が入れ替わる感じになるといったところでしょうか。もしくは、わたくしと宏殿の人格が切り替わって表に出る形になるかもしれません」

「最悪の場合だと、完全にアルフェミナ様の人格に負けて、宏君の人格が消えてしまう、ということですか？」

「そうなります。いくら宏殿の精神力と抵抗力が高かろうと、所詮《しょせん》二十年程度の経験しかありません。わたくしは仮にも主神として一つの世界を維持管理してきた身の上ですので、さすがにその程度の人格に負けるほど脆《もろ》くもありません」

「そうですか……」

言われてみればそうかもしれない、という話に納得しつつ、自身の認識がずいぶん甘かったことを理解する春菜。

積み重ねてきた時間と経験を甘く見るつもりはなかったが、さすがに万年単位、下手をすれば億年単位での差となると想像を絶するものがあるようだ。

「……えっと、それを私が聞いて、どうすればいいのでしょうか……」

「春菜殿には宏殿とエアリスの間に立って、わたくしとのつながりが完全に途絶えるまで二人の関係がこじれないようにバランスをとってほしいのです」

「言われなくてもそれはするつもりですが、完全に途絶えるまでにどれぐらいかかります？」

「分かりません。最近どうしてもエアリスの体を借りざるを得ないことがあって強度が上がってしまいまして……。これでもすでに接続強度を三割は減らしているのですが、過去に類を見ないほどの巫女としての資質だけあって全く変化が感じられません」

大真面目に厄介なことを言い切るアルフェミナにドン引きしてしまう春菜。

その様子では、完全に接続を切ったのにリンクが残った、というようなことが起こっても不思議ではない。

「あの、それだとリンクがなくなったところで、アルフェミナ様、じゃなかったアルフェミナさんの影響が残ってしまうのでは……？」

「そうでしょうね。わたくしとしては今年中に一割未満まで接続を落とし、来年には教育がどうであれ姫巫女を完全にエリーゼに移す予定ではありますが、その後三年ぐらいでは長年わたくしをその身に降ろし続けた影響は消えないでしょうね」

そう言ってため息をつくアルフェミナ。

アルフェミナにとって、歴代の巫女の中でも最も可愛《かわい》い存在であるエアリス。

幼い頃から愛し導き、我が子のように育ててきた少女が大人になって嫁いでいく。

それ自体は非常に喜ばしいことだが、自身の巫女であったという経歴と、二度と生まれることはないであろうというほど傑出した巫女の資質が障壁となるのは、いろいろと切ない。

「あの、アルフェミナさん。素朴な疑問なんですけど、姫巫女であるエルちゃんと結婚することでリンクが発生して乗っ取られるというのであれば、神と神との結婚はもっとひどい影響が出るんじゃないでしょうか？」

「それがそうでもないというか、むしろ神と神の婚姻のほうが影響が出ないのですよ」

「えっ？」

「ややこしい話なのですが、巫女の資質というのは己を保ちつつ神をその身に宿す、その触媒としての能力です。その能力を持ったものが誰かの巫女として深いつながりを持ったまま、別の神とも深い仲になってしまうと……」

「あ〜……。触媒としての能力が、複数のコンピューターを連結して一台のコンピューターとして扱うシステムみたいな感じのものに化けてしまうと……」

「ええ、そういうことです。それでも、サーシャ殿くらいの普通の資質であれば問題なかったのですが、エアリスはこのままわたくしを降ろし続ければ、三百年ぐらいはかかりましょうがいずれ神化する可能性すらあるほどの資質を持っています。ですので……」

アルフェミナの言いたいことを察して、心底困った表情を浮かべてしまう春菜。

春菜はコンピューターシステムに例えたが、実際には神と神との結婚は業務提携に、神と巫女との結婚は経営統合に近いところがある。

業務提携であればさほどドラスティックな変化はないが、経営統合となると、使っていた事務の書式から決済の手順、果ては給与形態に部署や組織図、勤怠管理に至るまで様々な部分が統一される。

今回の宏とエアリスの場合、エアリスを巫女に持つアルフェミナの発言権が一番強くなる形で完全に組織が統合されるタイプの経営統合と近い。

普通に考えれば、いくらアルフェミナのほうが長く存在しているとはいえ、その巫女でしかないエアリスとの結婚で宏が乗っ取られるのはおかしな話ではある。

が、小さな会社のさらに小さな子会社と合併した大企業が、ごくまれに合併相手の親会社に乗っ取られることがあるように、今回の宏とエアリスについても様々な条件が重なってアルフェミナが乗っ取りをかける形になってしまうのだ。

この場合、そこに誰の意志も絡まず自動的にそうなってしまうのが最大の問題である。

正直かなりシャレにならない問題だが、なぜ今になって言うのかと心底突っ込みたい。

これが春菜でなく真琴《まこと》だったら、間違いなく秒でアルフェミナの襟首をつかんで前後に揺さぶっていただろう。

「あの、それって私にどうこうできる話じゃないと思うんですけど……」

「それがそうでもないのです。というより、春菜殿だからこそできることがある、といいましょうか……」

春菜の指摘に、歯切れ悪くそう言うアルフェミナ。

どうやら、春菜にとって喜ばしくない種類の手段があるのだろう。

「あの、ズバッとはっきり言ってくれたほうが、いろんな意味で助かるんですが……」

「そうですね。結論を一言でいうならば、春菜殿がエアリスと何度か性交渉を行えば、宏殿を乗っ取るほどの影響は消せます」

「えっ……？　……え～！　!?」

「注意事項としては、エアリスの純潔を奪ってはいけないこと、宏殿の初夜までに最低でも三度は行うこと、一度の行為は……」

「ちょっと待ってください！　何をどうすればそういう話に!?」

「簡単な話で、それが一番手っ取り早くエアリスの中からわたくしの神威を排除できるからです」

いきなり飛び出した生々しい話に、思わず大慌てで待ったをかける春菜。

そんな春菜に対し、完全に腹をくった顔でそう言い切るアルフェミナ。

カマトトぶっているとまでは言わないが、こういう話に照れや抵抗がある春菜に配慮していては、この話が進まないと割り切ったようだ。

因《ちな》みに、アルフェミナが今になってようやくこの話をしたのは、まだエアリスが幼いから内容的にすぐに行うと問題が、などと考えているうちにずるずると先送りしてしまっていたからである。いくら見た目は大人っぽくなっていようと、ファーレーンですらよほどの事情がない限りは性行為など行わない年齢なのだから、アルフェミナが躊躇《ためら》うのも仕方がない面はあるだろう。

さらに言うと、うまくいけば宏達の結婚までに問題ないぐらいまでエアリスとのリンクを細くできそうだったのも、アルフェミナがこの話を先送りにした理由の一つだ。

その目論見《もくろみ》はここしばらくの外部からの干渉により完全に頓挫してしまったが、内容が内容だけにそんなにあっさり覚悟を決められるわけもなく、ダルジャンに言われるまでずるずる引き延ばした結果今日になってしまったのである。

「さすがに結論から一気に進めすぎたようですので、少し突っ込んだ話をします」

「あっ、はい」

「恐らく春菜殿の世界でも、巫女が純潔を失うことで巫女としての力もなくす、という事例があると思うのです」

「神話とか伝承では結構ありますね。常にそうとは限らないようですが」

「そうでしょうね。結局のところ、その神の成り立ちと権能の種類による部分ですから、多神教の場合は実際には巫女の資質を失わない事例のほうが多いとは思います」

「あまりそのあたり詳しくはないんですけど、実際はそういう感じなんですか？」

「はい。わたくしの世界では違いますが、むしろ古代では巫女＝娼婦《しょうふ》、というケースが普通だった宗派のほうが多いのではないかと考えています」

あまり宗教や神々の成り立ちについて詳しくないらしい春菜に、結構生々しくて痛い話をするアルフェミナ。

もっとも、そもそも春菜に持ちかけている話自体がちょっと待てといいたくなる内容なので、これくらいの話は今更かもしれないが。

「それで、わたくし達の場合ですが、純潔を失う、つまり性交渉を行うということは、物理的にも精神的にも他者の存在を取り込む行為として一番分かりやすいものです。その結果、取り込んだ他者の存在がノイズとなって神との交感能力が抑制されるわけですが、あくまでノイズでしかないので、神の側がその気になればある程度はどうにかなります」

「なんとなく理屈は分かりますが……。あの、いろんな事例を見てると、エッチなことをしたからといって、物理的にはともかく精神的には相手を取り込んでいるとは限らないような気が……」

「育った環境や本人の資質、育てた者の人格にもよるので絶対とは言い切れませんが、少なくとも巫女の場合は、俗世とある程度隔離された環境で育てられることが多いです。日常の神事に含まれでもしていない限りは、良くも悪くも初めての相手というのは特別になるのではないでしょうか？」

「……あ～……」

アルフェミナに言われ、それもそうかなとなんとなく納得してしまう春菜。

別に性的なことに限らず大抵の場合、最初の一回というのは日常的に行うようになるか記憶に残らないほど幼いときでもない限り、普通は特別になる。

それ以外のいろいろな付加要素も踏まえて考えると、巫女が純潔を失うことでノイズを発してしまうのは納得できる話だ。

「今回の話はその応用になります。具体的には、春菜殿とエアリスが性交を行うことで春菜殿の神威をエアリスが取り込み、また精神的にもわたくしより春菜殿とのつながりを深めることで、宏殿とわたくしが深くつながってしまうリスクを軽減します」

「えっと、二つ質問があるんですが、それって今度は私と宏君がつながってしまうのではないでしょうか？　それと、あくまで軽減でしかないんですか？」

「一つ目に関しては、お互いに純潔を奪わない限りはまず大丈夫でしょう。ついでに言えば、宏殿はすでに、春菜殿の血肉を取り込んでいます。ですので、今更深く接続したところで、ソレスとルシェイルが融合したときほどのことにはなりません」

「宏君が私の血肉を取り込んだ、って……。あっ！　もしかして達也《たつや》さんと真琴さんを生き返らせた反動の……」

「はい。神の城を強引に強化して、かなりの量の血反吐《ちへど》やミンチになった肉体の破片を処理していたはずです。神の城を通してとはいえ、あれだけの量を処理していれば、今更春菜殿と深くつながったところで、せいぜい互いの思考が筒抜けになる程度で収まるでしょうね」

アルフェミナの指摘に思わず頭を抱えつつ、それはそうだろうと納得してしまう春菜。

あの時、春菜の体から排出された血反吐やミンチ肉は、体積にして少なくとも春菜二人分以上はあった。

そのうちの結構な量が染料や消耗品に加工されたとはいえ、いろんな意味であまり長期間の保存ができないものだ。

かといってそのまま廃棄することもできず、最終的には半ば強引に肥料などに変換して城の内部で消費することで処分したのだが、神の城の性質を考えれば、それは宏が春菜の血肉を取り込んだのと変わらないことになる。

「二つ目についてですが、そもそもどうやってもリスクをゼロにすることはできない、と考えてください。ただ、リスクの高さがそのまま接続の深さになりますので、多少パスがつながってしまう程度ならどうとでもできます」

「そういうものですか？」

「はい。そういうものです。ついでに説明しておきますと、アルチェム殿のほうはすでに、神の城にある世界樹とのほうがアランウェンより強くつながっています。アランウェンが積極的に巫女を活用していなかったこともあって、元からナザリア殿とイグレオスほどもつながりがありませんし」

「そういえば、アルチェムさんは巫女になったのも私達と出会ってからのことでしたしね」

春菜が疑問を持つ前に、アルチェムの状況についても説明しておくアルフェミナ。

そもそもアランウェンの立ち位置だとアルチェムの資質は過剰すぎて持て余すため、アルフェミナほど入れ込まなかったのが大きいようだ。

「そういうことですので、恐らく春菜殿にはそういう性癖はないであろうことは承知していますが、早期に宏殿との婚姻を望むのであれば、儀式の類《たぐい》だと割り切って早めにやっておいてください」

「……えっと、やっぱりやらないと駄目ですか？」

「形だけの婚姻で済ませて百年単位で先送りにするのであれば、恐らく二百年もあれば完全にリスクが消失しましょうが、春菜殿やエアリスがそれに耐えられますか？」

「……うっ」

「式を挙げるまでにやれ、とは言いません。エアリスとて女性同士で性行為を行う趣味は持ち合わせていませんし、それなりに覚悟も必要でしょう。が、先ほども申しましたとおり、宏殿に純潔を捧《ささ》げる前に済ませておく必要はあります」

「念のために確認ですけど、他に方法はありませんか？」

「ありますが、正直口にしたくもない方法ですよ？　それでも聞きますか？」

「……一応、参考までに」

どうしても女同士でそういうことをするのに抵抗がある春菜が、嫌な予感がしつつも一応確認だけはする。

その春菜の反応に、ため息をつきながらアルフェミナが説明を始める。

「非常に簡単な方法です。あなた方の誰かがエアリスを殺し、宏殿か春菜殿が生き返らせるのです。そうすればわたくしとの接続は完全に切断され、新たにあなた方だけの巫女として再誕するでしょう」

「……えっ？」

「先に申し上げておきますが、もう他に方法はありませんよ。口が悪い言い方をするなら、殺すか手籠《てご》めにするかしかありません」

身も蓋もないアルフェミナの言葉に、渋い顔をしながら悩む春菜。

自分一人が苦労する分には何でもするのだが、事が事だけに絶対にエアリスを巻き込まなければならないのが悩ましい。

「自制心に自信があるのでしたら、別に二百年待っても問題ありません。ただし、その場合はどれほど気分が盛り上がっても、絶対に行為に及んではいけませんが」

「……むう」

「いざというときのことを考えるのであれば、どちらかの手段で接続を断っておくに越したことはありません。最終的にどうするかについてわたくしから申し上げることはしませんが、どの道を選ぶにしても春菜殿が主導しなければいけませんよ」

「……分かりました。さすがに生き返らせる方法は心情的にちょっと無理なので、その……体を重ねるほうで進めます」

真剣な表情で釘を刺されて、諦めて腹をくくる春菜。

が、やたらと処女のうちにやっておけと強調するところは、どうにも気になってしょうがない。

「その……すごい勢いで処女のうちにって強調してますが、結婚式は挙げてしまっても大丈夫なんですか？」

「あなた方に関しては、そもそも夫婦か否かの違いがすでに、共同生活を送っているかどうかと肉体関係を持っているかどうかの二点だけになっています。しかも共同生活のほうは現在実行していないだけですでに実績があり不安はないのですから、挙式程度では確固とした婚姻が成立しません」

「そういう話なんですか？」

「あなた方の場合はそうなります。もっと正確に言うなら、共同生活をしたうえで肉体関係を持つことで、ようやく宏殿の意識が本当に夫婦になったと切り替わるのではないか、と推測しています」

「結局は、宏君の意識の問題、ですか……」

「ええ。春菜殿のほうが、わたくしよりよほど宏殿のそういう意識について詳しいと思うのですが、その視点から見てどう思われますか？」

「確かに単に結婚式を挙げて共同生活をする程度じゃ、宏君が心の底から夫婦になったことを納得するのはすぐには無理かな、って思います」

アルフェミナの指摘に、そういうことかとようやく腑《ふ》に落ちる春菜。

形だけでも夫婦として扱われ続ければ、そのうち自然と自分達が夫婦であると納得することもあるだろうが、宏の精神性だと何年かかるか分かったものではない。

が、逆に宏を性的な方向でその気にさせるのも、単に式を挙げた程度では難しそうな気はする。

結婚式などせいぜい、女性側から迫る口実に使えるくらいのものでしかない。

「いろいろ納得しました。ちゃんとできるかどうかはともかく、努力はします。絶対に満たしておくべき条件を教えてください。あと、エルちゃんにもちゃんとこのことを説明しておいてくださいね」

「はい。とはいえ、最初からすべてを満たせるわけではないでしょうから、最終的に儀式としてすべてを完結させることができればいい、というくらいの気持ちで臨んでください。極端な話、接続が途絶えたあとに春菜殿の神気でエアリスの中からわたくしの神気を一掃できればいいのですから、最悪、裸で抱き合うだけでもそれなりの効果はあるはずです」

そう前置きをして、春菜にやるべきことを説明するアルフェミナ。

数年後には瓜二《うりふた》つと呼べるようになるだろう、というぐらいエアリスそっくりのアルフェミナに生々しい話をされ、どうにも妙な気分になりながら将来のために一言漏らさず頭の中に叩《たた》き込む春菜であった。

☆

「……春姉《はるねえ》、どうしたの？」

「ちょっと、アルフェミナ様から面倒な話をもらってきてね……」

「アルフェミナ様の話が面倒なのは、今に始まったことじゃない」

「まあ、そうなんだけど……」

その日の夜、神の城。

数日後に迫ったエアリスの誕生日についての話し合いを終え、温泉につかりながら疲れのにじんだため息をつく春菜。

そんな春菜を、澪が心配そうに気遣う。

「ん～……。澪ちゃんも当事者だから、一応説明しておいたほうがいいのかな？　でも、ここで説明すると、宏君に筒抜けになるかあ～……」

「師匠に知られちゃうと問題があるの？」

「あると言えばあるし、ないと言えばないかなって感じの内容。ただ、伝わり方によっては、エルちゃんがすごくかわいそうなことになるから……」

「……なんとなく察した。あとで春姉の家で聞く」

「うん。お風呂あがってから、そっちで説明するよ。アルチェムさんは確か、エルちゃんの誕生日当日までここの世界樹から動けないんだっけ？」

「ん」

「となると、エルちゃん本人には……。誕生日終わってからでいいかな。せっかく宏君とゆっくりできる機会なのに、邪魔しちゃ悪いし」

「誕生日だし、ボク達は当日出席できないし、それぐらいの役得はあってもいいと思う」

春菜の結論に同意する澪。

レグナス王やレイオット、さらには担当者などとも話し合った結果、あえて特別扱いせずに去年までと同じ流れで祝賀会を進めることにしたのだ。

威厳のなさを衆目にさらしたくない宏と、そんな宏を強引に参加させて、第三者が何か粗相をして神罰を誘発するのを避けたかったファーレーン側との、日和見と保身による妥協の産物である。

平日なので仕事や学校を休むのはちょっと、という事情も、少しくらいは考慮されている。

もっとも、すでに入試が終わって自主登校の澪や一日ぐらい講義に出なくても影響がない真琴に関しては、あまり必要のない配慮ではあるのだが。

「そういえば春姉、ちょっと気になってたんだけど……」

「何？」

「高三の四月の時の写真と比べて日本に戻ってきてからの春姉って確実におっぱい大きいけど、権能使っていじった？」

「わざわざいじってないけど、サイズが大きくなってたのはそうなんだよね。心当たりがなくはないけど」

「あるの？」

「うん。達也さんと真琴さん生き返らせたあと、反動でひどい目に遭ってたときにね。顔と全体的な体形はどうにか維持したんだけど、胸とかお尻とかはちょっと雑になったみたいで、一番太ってたときのサイズが基準になっちゃったっぽくて……」

「そういえば春姉は、基本、太るときは胸に腹の倍以上脂肪がつく体質だった……」

春菜の言葉に、遠い目をしながらそう呟《つぶや》く澪。

もっとも、ここ三年過剰摂取したカロリーが胸にしかついていない感じの澪が、春菜のそのあたりの体質をどうこう言う資格はないのだが。

「ブラに入らないから普段は意識してサイズを落として合わせてるんだけど、お風呂とかで油断すると……」

「そういうことができるあたり、やっぱり春姉も神様だって思う」

「こんなことでそういう実感を持たれてもね……」

妙なことでやたら感心する澪に、さらに疲れたようにぼやく春菜。

なお、大きくなったといってもワンサイズ。圧倒的にとまではいわないが、まだアルチェムのほうが大きい。

「今思ったけど、春姉とエッチする場合、脱がした直後とピークとでおっぱいの大きさが変わる可能性が……？」

「そんなこと、言われるまで考えたこともなかったよ……」

「感じてくるとおっぱいが膨らむヒロインとか、すごいエロゲっぽい」

「言わないで……」

「ねえ、春姉。すごく興味があるから、一度本番で試させて」

やたらと目を輝かせて、そんなことを言い出す澪。

恐らくいつもの口だけ番長的なネタなのだろうが、あまりにタイミングのよい話題に思わず真顔になって黙り込んでしまう春菜。

「……春姉、なんでそんなにマジな顔？」

「ああ、うん。なんというか、すごいタイムリーなネタだったもんだから……」

「……えっ？」

「詳しくは、家に戻ってから……ね」

そう言って、話を切り上げるべく湯船から出ていく春菜。

春菜の様子に、なんとなく嫌な予感を覚える澪。

その後、藤堂《とうどう》家で春菜から説明されたいろいろひどい内容に、

「……えっ？　それ何てエロゲ？」

「うん、澪ちゃんだったらそう言うと思ったよ」

「……ねえ、春姉。それ、ガチの話？」

「うん」

どうやら罰《ばち》が当たったらしいと遠い目をしてしまう澪であった。

第80話 正直に言いますと、今日まで考えたこともありませんでした

「ハルナさん、最近なんだか難しい顔してますけど、何かありました？」

「そういえば、アルチェムさんには話してなかったっけ」

エアリスの誕生日兼成人祝いも無事に終わり、澪《みお》の卒業式まで残り一カ月を切ったある日のこと。

日本に来ていたアルチェムが、いい機会だからと春菜《はるな》にそんな質問をする。

いろいろ検査をしたいと澪経由で天音《あまね》に呼ばれており、このあと海南《かいなん》大学付属総合病院へと行く予定である。

「アルチェムさんは、エルちゃんから何か聞いてる？」

「いいえ。エル様に何かあったんですか？」

「あったというか、これからあるというか……」

やたら歯切れの悪い春菜の言葉に、すさまじく面倒なことらしいとあたりをつけて居ずまいを正すアルチェム。

今までのパターンから察するに、こういうときの春菜の話は、ある程度腹をくくってから聞かな

いと、いらぬ醜態をさらすことになる。

「えっとね。エルちゃんの誕生日の前ぐらいなんだけど、アルフェミナさんからね……」

アルチェムが真剣に聞く姿勢になったのを察し、非常に言いづらそうにしながらも正直に悩んでいる内容を説明する春菜。

春菜の説明を聞いて、うっすら顔を赤く染めながら微妙な表情を浮かべるアルチェム。

そういう類《たぐい》の話でアルフェミナの名が出てくるとは思わなかったようで、態度を決めかねているらしい。

「それで、覚悟は決めたんだけど、いつやるかっていう踏ん切りがつかなくて……」

「なるほど……」

それはそうだろうなあと思いながら、春菜の言葉に頷《うなず》くアルチェム。

なぜに惚《ほ》れた男からお預けを食らっている状態で女相手にいたさねばならないのか、というのはアルチェムですら普通に思う。

もっとも、性愛に絡む権能を持つ神だと、その眷属《けんぞく》や巫女《みこ》は男女関係なくどころか相手が獣であっても普通に行為を行うらしいので、神々の視点では相手が人類であるうちはまだまだ普通の範囲である、という可能性は否定できないのだが。

「内容が内容だからアルチェムさんに言えなかったのかもしれないんだけど、エルちゃんに変わった様子とかなかった？」

「変わったというか、誕生日前からずっとアルフェミナ様からの神託がない、って言ってましたけど……」

「あ〜……、言いづらくて逃げたか……」

「かもしれませんね」

澱《よど》んだ目でそうぼやく春菜に対し、苦笑しながら相槌《あいづち》を打つアルチェム。

邪神を仕留めるまでにいろいろあった影響か、それとも幼い頃の印象が強いからか、どうにもエアリスに対してはみんなして過保護だ。

本人はなんだかんだで結構したたかで、性的なことを含むあまり触れてほしくない種類の知識もそれなりに豊富だったりするのだが、春菜達やアルフェミナはそんなふうには見ていないようである。

なので、アルチェムは言うかどうか迷っていたことを春菜に教えることにした。

「あの、ハルナさん。エル様に関しては、裸で抱き合ったり、ちょっと胸とかを触りあったりするぐらいは平気かもしれません」

「えっ？」

「私は座学の基礎の基礎しか受けさせてもらえなかったので、どの程度のことを教わって実践しているのかまでは分からないんですが、嫁入りが決まった高貴な身分の女性の教育に、ベッドマナーというものがあるんです」

「えっと、念のために確認しておくけど、ベッドマナーって間違ってもベッドメイクの仕方とかじゃないよね？」

「はい。要するに子供の作り方なんですけど、聞いた話によると肉体的な負担を減らすためとか相手に浮気をさせないためとかの複数の理由から、自分が気持ちよくてかつ殿方を喜ばせる方法を学ぶんですよね」

「……うん、まあ、高貴な身分の人だと子供の有無は切実だもんね。作り方分かんなきゃ困るからって、男の人だと未亡人とかそれ専門の高級娼婦《しょうふ》とかで実践を学ぶこともある、って聞いたことがあるから、確かに女の人だけ何もないってのは不自然だけど……」

そこまで言って、アルチェムが言いたいことを察してしまう春菜。

思わず右手で顔を覆いながらぼやく。

「そっかあ。よく考えたら、実践で教えるっていっても、男の人に教えてもらうわけにはいかないもんねえ……」

「はい。ただ、最近は実践までやることはないそうなので、実際のところはどうなのか分からないんですけど……」

「エルちゃんの場合、相手が宏君《ひろし》だからね……。逃げ腰の相手をその気にさせるやり方とか実践で仕込もうとする教育係の人、いても不思議じゃないか～……」

アルチェムの話を聞いて、先ほどまでとは違う意味で頭を抱える春菜。

最悪の場合、養子をとるというやり方があるとはいえ、貴族にとって子供を授かるかどうかは死活問題だ。

さらに言えば、座学では分からないことなどいくらでもある。

それを踏まえれば良し悪しは別にしても、男女ともになにがしかの実践教育を行うこと自体は理解できなくもない。

それなりに筋が通った理由で純潔が重視される背景を踏まえれば、嫁入り前の女性の実践教育をそれ専門の女性が行うというのも納得できる話ではある。

だが、それが自分達と同じ男に嫁ぐ女性の話となると、判断にも反応にも困ってしまう。

久しぶりに直面した、文化の違いというやつである。

「あと、思ったんですけど、エル様にもちゃんと話をしてから、一度アマネさんに相談したほうがいいんじゃないでしょうか？」

「考えなかったわけじゃないんだけど、相手が相手で内容が内容だから、そっちもちょっと踏ん切りがつかなかったんだよね……」

「まあ、気持ちは分からなくもないですが……」

春菜の心情を察して、そう口にするアルチェム。

間違いなく春菜とは違う理由ではあるが、アルチェムとて親戚にその手の性的な話をするのは躊躇《ためら》われる。

このパターンで相談するのが平気なのは、恐らく澪くらいだろう。

「何にしても、ハルナさんだけで悩んで決めるようなことでもないかな、と思うんですよ」

「……うん、そうだね」

アルチェムに言われ、素直に頷く春菜。

「そういえば、アルチェムさんはこれから天音おばさんのところだっけ？」

「はい」

「だったら、エルちゃんに話す前になっちゃうけど、一応相談だけはしてみようか」

「この期に及んでまだエル様を後回しにするのはどうかと思いますけど、事前相談っていう点ではちょうどいいタイミングなのが悩ましいところですね……」

春菜の提案に、困った顔でそう漏らすアルチェム。

なんだかんだで天音は多忙だ。

特に最近は宏と春菜が次々に生み出してしまう発明品や新発見のフォローに振り回され、前よりも業務が過密になっている。

このタイミングを逃せば、次はいつ相談できるか分からない。

が、逆に、こんな半端な状態で、天音を振り回すことが確定している相談ごとを持ち込むのはどうか、というのも気になる。

「……多分今からというのは無理でしょうけど、とりあえずエル様と連絡を取ってからにしましょう」

「そうだね。さすがに、声もかけないのは不義理すぎるし、もしかしたらうまく予定が合うかもしれないし」

アルチェムの提案に頷き、すぐに向こうの世界へと移動する春菜。

そして数分後。

「……残念ながら、今日は無理みたい」

「そうですか……」

「後日時間を作るから、先に進められるところまで進めておいてほしい、って」

「なるほど。だったら、今日話だけでも通しておきましょう」

春菜がエアリスから同意を得たと知り、積極的に話を進めることにするアルチェム。

こうして、春菜とアルチェムの突発的な思いつきにより、天音がガッツリ巻き込まれることになるのであった。

☆

「……あのね春菜ちゃん、アルチェムさん。私は夫以外と肉体関係持ったことないって知ってるよね？」

数時間後、海南大学付属総合病院。

春菜達からの相談ごとを聞いた天音が、その内容に思わずジト目を向けながらそう言ってしまう。

立場上、性的な相談を受けることもなくはない天音だが、さすがに内容が内容だけに春菜の相談に返せる答えは持っていないらしい。

「いやまあ、そうなんだけど……。私達が相談したいのはどっちかっていうと、やらずにどうにかできないかな、ってほうで……」

「それこそ、今この場ではなんとも言えないよ。三年前の後始末でアルフェミナさんとは何度か会ってるけど、せいぜい顔見知り程度の関係でしかないし」

「あ～、うん。そうだね、そうだよね……」

「せめてエアリスさんを連れてきてくれないと、さすがにその話だけじゃ何も判断できないよ」

「……ごめんなさい。一応分かってたんだけど、今を逃すとだらだらと先延ばしにしそうだったから、つい前のめりになっちゃって……」

「あ～、うん。内容的に、きっかけと思いきりが必要なのは、なんとなく分かるかな」

天音の厳しい突っ込みに、己の身勝手を自覚してへこむ春菜。

とはいえ、天音も春菜の言い分自体は理解できる、というより逆の立場なら近い選択をしそうだという実感がある。

「まあ、今日は事前相談みたいなものだから、いろいろ足りてなかったり間に合わなかったりするのはしょうがないよ」

あまり長時間へこませても話が進まなくなるので、仕切り直しの意味も込めてそうやってフォローの言葉をかける天音。

先ほど本人が言ったように内容が内容だけに思いきれるきっかけが必要なのはよく分かるし、本気で悩んでいるときほどこういう種類の視野狭窄《きょうさく》を起こすのが人間である。

釘《くぎ》を刺す必要を感じたから厳しめに突っ込みはしたが、研究者としても医師としてもよく見る事例だけに、天音的には別段春菜が極端にポンコツだとは思っていなかったりする。

「あの、アマネさん。現実問題として、アルフェミナ様が警告したようなことって、起こりうるんでしょうか？」

「あるかもしれないって認識されたことは、大体起こると思っていいのが私達の世界だからね。詳しく調べないとなんとも言えないけど、アルフェミナさんがそう判断したんだったら、何も対策打たずに行動すればそうなるんじゃないかな？」

アルチェムの疑問に、そう答える天音。

究極的には己を縛るものが権能しかない神々の世界では、どれほど強引でこじつけくさかろうが、拡大解釈といえる範囲のことまで当たり前のように起こる。

それどころか、翻訳して再翻訳した結果『銀河の果てまで』が『銀河のボルフィグィー』になる、みたいな感じの何をどうすればそうなると突っ込みたくなるようなことも平気で起こるのだから、エアリスを介してアルフェミナが宏を乗っ取ってしまうくらいは起こっても不思議ではない範囲であろう。

「それで、話を戻すというか続けるけど、東《あずま》君も含む関係者全員の予定を合わせて、一度ちゃんと現状の把握と分析をしよう。この話を知ってるのは？」

「私と澪ちゃんとアルチェムさんかな？　相談をする許可は取ったけど、今日は時間がなかったしそれまで踏ん切りがつかなくてエルちゃんにはまだ詳しい話はしてないし、宏君には言ってしまって大丈夫かどうか自信なくて……」

「東君に関しては懸念するのも分かるけど、一番の当事者であるエアリスさんが全く関わってないのはどうかと思うよ」

「うん。それはここに来る前に、アルチェムさんにも言われたよ……」

天音に窘《たしな》められ、心底反省しているという表情でそう答える春菜。

言いづらい内容なのは確かだが、直接影響を受ける本人に一切声をかけていないのはいくらなんでもありえない。

「でもまあ、エアリスさんに関しては、本当に現時点で何も知らないのであれば、おおもとであるアルフェミナさんの態度も問題ではあるけど」

「うん。今まで踏ん切りがつかなくて逃げてた私が言うことではないけど、そもそもなんで現時点でエルちゃんが何も聞いてないのかとか、なんで私が話さなきゃいけない流れになってるのか、とは思うよ」

「本当に、それは思います。ハルナさんに伝えるときに一緒にエル様にも話せば一度で済んだのに、って」

天音の言葉に、渋い顔で同意する春菜とアルチェム。

神々との距離が近くなった影響か、最近では遠慮が一切なくなっているアルチェムのほうが、人のことは言えないという理由で少々抑え気味な春菜より厳しい態度なのが面白いところであろう。

「私の予定としては、確実に空けられるのはこの丸印付けてある日だから、その中でエアリスさんとアルチェムさんの都合がつく日を教えて。他に予定が入らないように調整するから」

「うん。……えっと、やっぱり宏君にも……？」

「春菜ちゃんの懸念も分かるから、東君に関してはまずエアリスさんのことを調べてからにしよう。内々で処理できるんだったら、それに越したことはないし」

「そうしてくれると、助かるよ」

「ただまあ、東君の性格的に、エアリスさんが日本での成人年齢になったからってすぐに肉体関係まで発展するとは思えないから、解決はそんなに焦らなくていいというか焦っちゃダメなんじゃないかな」

「いつも思うけど、私達の戦いって、みんな成人してそういう方面で法律や条例を気にしなくてもよくなってからが本番なんだよね……」

天音の言葉に、しみじみとそう漏らす春菜。

その隣では、アルチェムが真顔で頷いている。

「というか、第三者の私がこんなこと言っちゃっていいのか分からないんだけど、みんなして我慢してる期間が長すぎて、いざ全面解禁になったときにちゃんと肉体的なことを含めた恋愛ができるのかちょっと疑問かな……」

「……あ～、うん。正直、自信ない……」

「今までが今までだけに、その状況に持ち込んだのにヒロシさんがその気になってくれなかったら、とか考えると怖いですよね、実際……」

「宏君がその気になってくれて体のほうがちゃんと反応してくれたとして、本番を思い切れるかどうかっていうのも自信ないよね……」

「はい……」

天音の指摘に、我が身を振り返って渋い顔で肯定の言葉を口にする春菜とアルチェム。

なんだかんだで春菜もアルチェムも、割としっかりした性教育は受けているが、春菜は家庭環境の問題で一般的なエロ関係のものに触れる機会が少なく、アルチェムはエアリスと共に学ぶまでその手のものから隔離されていたため、澪とは違う意味で知識も経験も偏っている。

しかも春菜の場合、中高と一貫して、近寄ってくるのが碌《ろく》でもない男ばかりだったため、宏に恋をするまで嫌悪感こそ持っていないものの性的なことに対する興味自体が薄かった。

アルチェムはアルチェムで、隔離されていた理由が『そのほうが面白そうだから』という理由だったため、やたら隔離だけはしっかりしており、宏達と出会うまでその方面は幼児よりまし、という状況。

結果として、二人揃《そろ》って宏に恋をするまでは性に対しての積極性に著しく欠けており、この年と体でありながら一人で致したことすら数えるほどでしかなく、欲求不満の解消はコントロール不能な夢がメインとなっていたりする。

まともに本番ができるかどうかに自信がないのも、当然であろう。

「ん〜、そうだね……。エアリスさんの検査結果をもとに、そのあたりのことについてもいろいろと一緒に考えようか」

「うん、お願い……」

ある程度予想はしていたが、思ったよりはるかにいろいろとこじらせている春菜達の現状を見て、危機感を募らせた天音がそう提案する。

春菜のほうも、その申し出に素直にすがる。

今まで宏の経歴にかこつけてこの問題から目を逸《そ》らしてきた自覚があり、さすがにこれ以上先送りするのはそろそろまずいのではという意識は持っているのだ。

「それにしても、春菜ちゃんからこういう相談を受けるようになるとか、私も年を取ったなあってしみじみ思うよ」

「いやいやいや。おばさんはまだまだ若いから」

「最近、ちょっとこういう感じの相談が増えてたところに、この話だからね。本気で時の流れを感じざるを得ないよ」

「こういう感じの相談って？」

「先輩や後輩の中高生の娘が妊娠したとか、息子が妊娠させたとか、そういう話。妊娠した系は相手が彼氏だったらまだましなほうで、援助交際だのパパ活だのでもらってきてるから父親が誰だか分からない、みたいな話もちょくちょくあってね……」

「うわあ……」

「さすがに売春系は論外としても、中学生の妊娠は春菜ちゃん達の一割でいいから慎重さを持ってほしいなと思う反面、現時点では春菜ちゃん達も子供作っちゃったカップルに見習うべき部分がなくもないかなあ、みたいな……」

ため息交じりの天音の言葉に、何をどう言えばいいのか分からず黙り込んでしまう春菜とアルチェム。

現代日本の社会システム上いろんな意味で責任を取れない、という点において、中学生が子供を作るのは褒められたことではないのは確かだろう。

肉体の成熟度合いによるリスクも考えれば、なおのことである。

が、恐らく全員が全員愛情からではなく、また勢いや好奇心もあっただろうとはいえ、その行動力を少しぐらい見習ってもいいのではと天音が思うくらいには、春菜はすぐにヘタレる。

もっとも、宏のヘタレ具合はもっと上をいっているので、考えようによってはお似合いのカップルなのかもしれない。

「まあ、もともと澪ちゃんとエアリスさんは今すぐ肉体関係を持つわけにはいかないんだし、ちょうどいい準備期間として考えればいいんじゃない？」

「そうですね」

「うん。もしかしなくても、私達が澪ちゃんやエルちゃんからいろいろ教えてもらう必要があるだろうし……」

慰めるような天音の言葉に、少々遠い目をしながら同意するアルチェムと春菜。

話もまとまり立ち去ろうとしたところで、ふとアルチェムが気になったことを口にする。

「そういえば、アマネさんの都合のいい日で私達が動ける日に合わせるということですけど、ハルナさんやヒロシさんはそれで大丈夫なんですか？」

「東君も春菜ちゃんも、年度が替わったら三年生だからね。卒業研究のために本格的に研究室に入るから、卒業までにちゃんと区切りがつきそうなものは三年生になってからのほうがいいだろうってことで、今ちょっとゆっくりになってるんだよね」

「うん。新学年になるまで、どうしても私達じゃないと駄目、っていうようなことはやらない予定」

「まあ、春菜ちゃんが畑で余計なもの見つけたとか、東君が実験中に妙な機材を思いついて作っちゃった、とかやらない限りは大丈夫だと思うけど」

「……おばさん、そういうフラグ立てるの、やめてくれないかな……」

「まあ、その場合でも相談のために空けた日は死守するから」

特大のフラグを立てた天音に、そう突っ込む春菜。

そのフラグが見事に実を結び、翌日春菜が畑で新種のミミズを発見したり、どうしても必要となった計測機材を自作した宏がその機材で素粒子を検出し撮影したりと、必要のない騒ぎを起こすことになるのであった。

「……ねえ、教授。本当に今日、こんなことしてて大丈夫なの？」

「大事《おおごと》になりすぎて、すぐに動けないから大丈夫」

☆

数日後、検査当日の綾瀬《あやせ》研究室。

状況が状況だけに不安そうにする澪に対し、天音がそう言って笑い飛ばす。

なんだかんだで、エアリスの検査は事前に立てた予定どおり行われる運びとなっていた。

現在、この場には天音、春菜、澪、エアリス、アルチェムの五人が揃っており、データ収集のために様々な機材を取り付けている最中である。

なお、現在宏はいつ呼び出されてもいいように、待機もかねてせっせとデータ取りをしている。

もっとも、そういう状況なのでデータといっても論文に使えるようなものではなく、機材の動作チェックや検出できる素粒子の挙動や傾向について大雑把《おおざっぱ》にあたりをとるための、いわゆる指針を決めるデータである。

そもそも完成して数日の実験機で、しかも想定外の挙動である。そのため、作った本人すらどうしてそうなったのか明確な理屈を把握できておらず、何ができるのかや限界がどこにあるのかも明確になっていない。

現時点では原理についての研究や検証がいつ可能になるのか一切予定が立っていない状況であり、宏でないと駄目という内容はまだまだ出ておらず、しばらくは思いつく限りの挙動についてひたすら人海戦術でデータを取りまくることになりそうである。

「それで、これからアストラルパターンをメインにいろいろな検査をする予定だけど……」

「あの、どうやらお困りのご様子ですが、何かありましたか？」

「もう、現時点でどうにもならない種類の問題に気がついたから、どうしたものかなって」

「……それはどのような？」

「多分、今更言うまでもないことだとは思うんだけど、容姿だけじゃなくて基本的な気配そのものもエアリスさんとアルフェミナさんが似すぎてるっていうのが、今回の件では大問題で……」

「……ああ……」

天音の言葉を聞き、そのことかと頷くエアリス。

天音がエアリスともアルフェミナとも、ほとんど接点がないことを思い出したのだ。

「私の姿がアルフェミナ様に似ているのは、単なる偶然の一致だと伺っていますが……」

「うん。それは間違いなく事実だよ。先祖代々アルフェミナさんの加護を受けている、っていうのが多少は影響してるけど、確率ゼロだったのが何億分の一とかになる程度だし」

少々不安そうに自分の姿について知っていることを説明するエアリスに対し、現在解放している権能で即座にできる範囲の解析を行って結論を告げる天音。

ただし、天音の表情は、その事実が決して喜ばしいものではないと告げている。

「今回の件って、ある種の呪術的な要素が大きく絡んでるわけだけど、そのあたりはいいかな？」

「はい。私とアルフェミナ様がいろんな意味でよく似ていて、しかも私の巫女としての資質が高すぎるから、肉体的な意味で結ばれると呪術的な儀式が成立してヒロシ様とアルフェミナ様がお互いを食い合うことになる、ということですよね」

「そうそう。だから、儀式の成立要件を崩してやれば、もう少し後腐れのない方法で解決できないかなとか思ったんだけど、顔に一時的に傷を入れるとかその程度じゃ相似性を崩せないぐらい似てるのがはっきり分かっちゃってね……」

そこまで口にしてから、よく考えればそのあたりの知識や認識をすり合わせていないことに気がつく天音。

念のために、前提になる部分を説明しておくことにする。

「東君や春菜ちゃんの話を聞いてる限り、多分呪いに関連した法則は私が知っているのとほぼ同じだと思うんだけど、同じだと仮定した場合、そもそも姿が似ているっていうだけでも、呪術的には影響が大きい。で、そこに何千年単位で世代を重ねた結果偶然にも姿が瓜二つ《うりふた》になったという条件が重なると、その影響はとんでもなく大きくなってね。結果として、本来ならそうはならないはずのアルフェミナさんが東君を乗っ取る呪術が成立してる感じ」

「あの、それは最初からそうなるように手を加えた場合よりも、ですか？」

「何をするかにもよるから一概には言えないけど、今回に関しては完全に偶然であるほうが、影響が大きいよ」

心底頭が痛いという表情の天音を見て、真剣な表情でなるほどと頷くエアリス。

残念ながら呪術については対処方法以外は専門外なので、天音が言いたいことのすべては理解しきれてはいないエアリスだが、それでもとんでもない問題なのだということだけは分かる。

そこに、黙って聞いていた澪が、素朴な疑問という形で口を挟む。

「ねえ、教授。何億分の一の確率って言ってるけど、本当にそんなに低確率？　あと、他にこういう感じで神様そっくりに生まれることって、ありうる？」

「あっちの世界の神様は人間と子供作ったりしないみたいだから、エアリスさんに関しては間違いなく何億分の一を引いたパターンだね。それ以外だと、私みたいに先祖に神様の子供がいる場合はそれなりの確率で起こりうるかな」

「そのそっくりさんが、シャーマンとしての資質をとても強く持つことって、普通？」

「それはなんとも言えないかな。さっきも言ったように、呪術的な側面で言うなら姿が似ているだけで互いへの干渉力が増えるわけだし。その似ている相手が神様なら、自動的に似ている相手のシャーマンになる資質はある程度持ち合わせることになるよ」

「なるほど。だったら、エルが歴代でも群を抜いた巫女の資質を持ってたのは、必然だった側面もある？」

「姿が似ていることでもともと持っていた資質が増幅されたのか、姿が似ていたから神化してないのが不思議なくらいの資質をあとから持ってしまったのかは断言できないかな。ここまで存在に馴《な》染《じ》んじゃってると、そのあたりはもう調べようがないし」

　澪の疑問に答えることで、重要な要素を全員に伝える天音。

　エアリス達が理解した様子を見せたところで、話を続ける。

「で、これから呪術とか魔術とかいろいろ使って深いところまで調べるけど、少なくともこのまま何もせずに成人して、その状態で東君と肉体関係を持ったらアウトなのは、今調べた限りでも間違いないかな」

「ああ、そこは間違いないんだ……」

「うん。正直、今までに会う機会はそれなりにあったんだから、もうちょっと突っこんで確認しておけばよかったって反省してるところ。で、見た感じ、今日の時点で最低限の対処はしておいたほうがよさそう」

「えっ？　エルちゃんの状態って、そんなに切羽詰まってたの!?」

「切羽詰まってるっていうか、今後どういう手段を取るかによっては時間が全然足りなくなりそうだから、少なくともこれ以上状況が悪化しないようにする処理だけはしておかないとね。そういうわけだからエアリスさん、ついてきてもらえるかな？」

「はい」

結構、致命的なこじれ具合を皆に周知したところで、エアリスを伴って部屋を出ていく天音。

その姿を見送ったあと、残された春菜達は一斉に深いため息をついた。

「ごめん……。なんかうだうだやってるうちに、すごく危険な領域に突っこんじゃってたみたい……」

「ん。まあ、春姉《はるねえ》のことだから、覚悟決めてもすぐに行動には出られないとは思ってた。というより、相手がいることだからボクが同じ立場に立っても、すぐに行動できたかは疑問」

「そうですよね。というか、そもそも女性同士で、って、どういうことをすればいいのか分からないですし……」

「実は私も……」

アルチェムの告白に乗っかって、たとえ覚悟を決めて行動に起こしたところで結局大したことができなかったであろうことを自白する春菜。

その内容に、思わず視線を逸らしてしまう澪。

「……澪ちゃんは、そういうの分かるの？」

「エロゲでは割と定番。ただ、本当に現実で同じことやっていいのかどうか不明」

「なるほど……」

澪の態度から少し突っこんだ情報を引き出し、納得しつつもどうしたものかと考え込む春菜。

さすがの春菜もアダルトビデオをはじめとした性産業のコンテンツを鵜呑《うの》みにしない程度の知識はあるが、では何を参考にすればいいのかとなると一切分からない。

この点に関しては異性間だろうが同性間だろうが関係なく、あまり表立って話すようなことではないので仕方ない。

「さっき経緯を説明したとき、あんまり忌避感持ってる様子とかなかったから、案外エルのほうがそういうのに詳しいかもしれない」

「それはそれで、なんかちょっと複雑……」

「ん。でも向こうは男女問わず割と重婚してるのが普通だから、そのあたりの意識とか教育の差はあると思う」

先ほどからのエアリスの反応を見て、そんな認識を共有する澪と春菜。

二人の会話を微妙な表情で聞いているアルチェム。

ファーレーン王家の性教育がどうなっているか分からないが、必要なこととはいえ年齢的にも立場や雰囲気の面でも、なんとなくそういうところから一番遠い位置にいそうなエアリスが一番実践的な知識を持っているかもしれないというのは、なかなかに複雑なものがある。

「とりあえず、春姉。まだやらなきゃいけないって決まったわけじゃないから、そこはあまり深く考えない」

「そうだね。まずは、天音おばさんの調査結果を聞いてから、だよね」

「ん。で、教授から問診票預かってる」

「問診票？」

「ん。今回の問題が解決したとして、ボク達がちゃんと子づくりできるか不安になったらしい」

「「あっ……」」

澪の言葉に、思わず同時に声を上げてしまう春菜とアルチェム。

前回相談した時点で、そのあたりも相談するという話になっていたのを完全に意識の外に放り出していたのだ。

「……うわあ……」

「なんというか、こう、妙に生々しい設問もありますよね……」

「実は、ボクですら答えるの躊躇った設問もあった。教授もあんまりやりたくないって態度、隠そうともしてなかったし」

「つまり、猥談《わいだん》すれすれどころかものによっては下品な領域に入ってる気がする問いも、全部必要だってことだね……」

何が悲しくて自分の性癖やら性遍歴やらを他人にさらさなければならないのか、と思わなくもないが、天音のほうも知りたくない情報だろうというのは想像できる。

なので、恥ずかしそうに顔を赤く染めながらも、大人しく問診票に書き込んでいく春菜達。

「……ねえ、春姉、アルチェム」

「何、澪ちゃん？」

「どうしましたか？」

「もしよければなんだけど、ボクのを見せるから、二人のも見せてもらっていい？　情報共有しときたい」

全員が書き終わったぐらいのタイミングで、澪がおずおずとそんな申し出をする。

その言葉に、すこし考え込む春菜。

澪の様子を見る限り、いつものようにいらぬネタのためとか好奇心に負けてとか、そういう理由でないのだけは分かる。

恐らくだが、天音にこんな問診票を用意させる春菜達が、どれほどひどい状態なのか不安になったのであろう。

どうしたものかとアルチェムに視線を向けてみると、春菜に判断を任せるらしく完全に静観の構えである。

「……そうだね。こういうことで中学生に頼るのもどうかとは思うけど、多分私達より澪ちゃんのほうがこの手の知識は豊富だろうから、ちょっとアドバイスもらえるかな？」

「ん」

少し考え込んで、澪の申し出を受けることにする春菜。

いくら澪が特殊事例とはいえ、中学生相手に性的なことを相談するのは倫理的にどうかという躊躇いは消えないが、そもそも現状では恋愛や性的なことに関しては小学生以下、どころか下手をすれば幼児レベルで留《とど》まっている。

中学生云々《うんぬん》は、気にするだけ無駄であろう。

「……ねえ、春姉」

「何かな？」

「自分で能動的に性欲解消するの、週に一回もないって、本当？」

「……うん。忙しいっていうのもあるんだけど、なんとなくそういうことするの恥ずかしくて……」

「ボクは自分がやりすぎだって自覚はあるけど、春姉のゼロ同然はそれはそれで不健全で駄目だと思う。今までむっつり的にいろいろ溜《た》め込んじゃってやらかしたあれこれを考えたら、多分週三回ぐらいやってても少ない」

「その言い方だと私がすごい性欲魔人みたいに聞こえるような……」

澪の指摘に、いろいろな意味でがっくりしながらそう反論する春菜。

そんな春菜を放置して、アルチェムの問診票を確認する澪。

「……えっ？　アルチェムは、自分でしたことないの？」

「えっと、何をどうすればいいのか、よく分からなくて……」

「自分でおっぱい触ったりとか、そういうことは？」

「服を着替えるときとお風呂とかで体洗うとき以外は、まず触りませんね～。あっ、でも、トラブルで服が脱げたときなんかは、隠すために触ります」

「そういうのじゃない、そういうのじゃ、ない……」

アルチェムの信じられない発言に、何度も首を横に振りながら力なくそう突っ込む澪。

澪は正直、胸が膨らんでくる年頃になったら、誰に言われなくても自分で胸や股間をいじるのが普通だと思っていた。

異世界の、それもエルフだから地球人とは違いがあるのかもしれないが、それを踏まえてもあんな立派なものを持っていながら好奇心で揉《も》んでみたりすらしなかったというのは、澪的にはなかなか信じがたい話である。

「ねえ、アルチェム。子供の作り方は、一応知ってるんだよね？」

「はい。ほんの一部分だけですけど、エル様と一緒にベッドマナーの座学は受けていますから」

「なのに、その内容をベースに自分であっちこっち触ってみたりはしないの？」

「正直に言いますと、今日まで考えたこともありませんでした」

「むう……」

アルチェムの告白に、思わず小さくうなる澪。

アルチェムは別段その種の応用力がないわけではないのに、この件に関しては驚くほど教えられたこと以外をやろうとしていない。

恐らくオルテム村の年寄り達がいろいろとがんばった結果なのだろうが、現状はもはや呪いレベルである。

ここまで完成度が高いと、アルチェムという奇跡の存在を意地でも完成させたいという執念を感じざるを得ない。

完全に他人であれば美味《おい》しいキャラとしてニヤニヤできるが、今後深い付き合いが続くとなると迷惑この上ない話だと言えよう。

「……これ、エルのことがどうとか関係なく、一度女同士でそのあたりの実践を確認したり教えあったりする必要あるんじゃ……」

「……ああ、うん。私も胸を軽くいじるようになった程度だから、そういう機会があったほうがありがたいかも……」

あまりにもダメな現状を知り、思わずそんな判断をしてしまう澪と春菜。

全員ちゃんとした性教育を受けている点だけは救いではあるが、及第点はそれだけ。澪と詳細不明なエアリスはともかく、春菜とアルチェムは知識以外の面では冗談抜きで小学生レベルである。

それでも、仮に相手が宏以外であれば男性側のリードによりどうにかなる可能性はあるが、残念ながら宏にそれを望むのは難しい。

どうせ首尾よくベッドインに持ち込んだところで、お互いにヘタレてスムーズに進まないのは目に見えている。

せめてそこから覚悟を決めて本番に至る際、経験不足で手こずって心が折れて先送りなどということにならないよう、受け入れ準備の練習はしておいたほうがいいのかもしれない。

「その勉強会は推奨したいところなんだけど、エアリスさんの件が片付くまで待ってくれると助かるかな」

そんな相談をしていると、エアリスを連れて部屋に戻ってきた天音が待ったをかける。

「あっ、天音おばさん。どうだった？」

「とりあえず、必要最低限の処理は済ませておいたよ。ついでにアルフェミナさんにも会って、神託や多少の神降ろしぐらいでは変化しないようにもしたし」

「そっか。でも、解決はしてないんだよね？」

「うん。データはいろいろ取ってきたから、これから解析して解決方法を検討する予定。といっても大体のあたりはついたから、そんなにはかからないけど」

「具体的にはどれぐらい？」

「他の案件もあるから、多分三日ぐらいかな？　でも、今週いっぱいは私が動けないから、実行はもうちょっと先になるかも」

天音の言葉に、何やら少し考え込む澪。

澪が考え込んでいる間に、アルチェムが質問のために口を開く。

「それで、アルフェミナ様が言っていたのとは違う手段はありそうですか？」

「まだ絶対とは言い切れないけど、多分一つ二つは構築できると思う」

「そうなんですね。でも、どうしてアルフェミナ様はその手段を思いつけなかったんでしょうか？」

「いろいろ理由はあるけど、一番大きいのは専門性の問題かな。なんだかんだ言っても、私は元は普通の人間で、エアリスさんや澪ちゃんの年の頃からどっちかっていうと技師や研究者といったタイプだったから」

天音の言わんとしていることに、思わず首をかしげるアルチェム。

それを見たエアリスが、横から助け舟を出す。

「あの、アルチェムさん。アルフェミナ様とヒロシ様の違いと考えれば、なんとなく分かりませんか？」

「……ああ。アルフェミナ様は、ものを作ったり解析したりは専門じゃないんでしたっけ」

「はい。そういう権能はまた別の神様です。それに、今回の場合はある意味時空神が最も苦手とする、自身がダイレクトに関わる未来の予知ですので……」

エアリスの補足説明を聞いて、いろいろ腑《ふ》に落ちるアルチェム。

見ると、春菜のほうも何やら納得している様子を見せる。

そんななか、我関せずといった感じでカレンダーを見ながら確認していた澪が、意を決したように話を変える。

「ねえ、教授。ボク、十一日が卒業式なんだけど、仮称『エアリスリンク解除作戦』の実行、式のあととかってどう？」

「ちょっと待ってね。十一日、十一日……、ああ、大丈夫。動かせない予定は入ってないよ」

澪の提案を聞き、予定を確認して頷く天音。

それを聞いたエアリスが、不思議そうな顔をする。

「卒業式、ですか？」

「ん。その学校で学ぶべき課程を全部終わらせたことを祝う式典。内容的には卒業生全員と在校生有志、および教職員が集まって、お互いに祝辞や送辞、答辞を行う。ファーレーンにはない？」

「学校に通ったことがないので分かりませんが、ファーレーンでは聞いたことがなかった気がします」

「そっか」

「というか、ファーレーンの学校は通いたい人が通えるタイミングで通うシステムの学校がほとんどですので、入学も卒業もバラバラになります。なので、多分そういう式典はないかな、と……」

「なるほど……」

エアリスの説明に、そういうものかと納得する澪。

実のところ、エアリスをはじめとした王侯貴族にとっては縁がないだけで、学者などの知識人を育てる目的の大学に近い学校では、ちゃんと入学式も卒業式も行われている。

だが、ファーレーンに限らずそういう学校はルーフェウス学院の陰に隠れて目立たないため、そのあたりのシステムは意外と知られていないのだ。

「でもまあ、門出のタイミングでエルちゃんの問題を解決するのって、新しい出発点になる感じでちょうどいいかも」

「そうですね。エル様の誕生日に出てきた問題を、ミオさんの門出の日に解決する。なんとなく運命的なものを感じますね」

「ん。ただ、エルはその日、予定大丈夫？」

「今の時期はこれといって必要な儀式などもありませんので、前もって分かっていればどうとでもできます」

エアリスの言葉で、今後の予定がしっかり確定する。

「ただ、最大の問題は、どんな方法で解決するか……なんだけどね……」

「まだデータ取っただけだからなんとも言えないけど、どのリスクを取るかを選ぶ形になりそうなのは断言できるかな」

「やっぱりそうなんだ……」

春菜の疑問に、苦笑しながら過剰な期待をしないよう厄介な事実を突きつける天音。

天音が突きつけてきた事実に、思わず不穏なものを感じる春菜。

こうして、澪の卒業式に状況が大きく動くことが確定するのであった。

第81話 むしろ、今までより気持ち自体は深く大きくなってるかも

「澪《みお》先輩、凛《りん》先輩、おめでとうございます！」

潮見《しおみ》第二中学の卒業式の日。

式が終わり撤収のタイミングで、澪のお世話係女子を代表して、生徒会副会長がお祝いの言葉をかけてくる。

その隣では、総一郎《そういちろう》と伊沢《いざわ》が、男子を代表して生徒会長にお祝いをもらっている。

「ん、ありがとう」

「今年一年は、いろいろ助かったよ」

「いえいえ。先輩方の力になれて光栄です。ただ、できたら来年も澪先輩や凛先輩とご一緒したいんですけど、残念ながら多分あたしに潮見高校は無理だと思うので……」

「あたしも総《そう》君も、まだ潮見高校に合格すると決まったわけじゃないんだけど……」

「でも先輩達は模試A判定じゃないですか。あたしはかろうじてBに引っかかってる程度で、

ちょっと調子悪いとあっさりCに落ちるんですよ！」

凛の言葉を聞いた副会長が、思いっきりそう吠《ほ》える。

潮見市のある県では、公立高校の入試は三月中旬から下旬にかけて行われるため、まだ二人とも入試は終わっていない。

「むう……」

それを聞いていた澪が、少し不満そうに口を開く。

「どうしたの、澪ちゃん？」

「やっぱり、ボクも本試験を受ければよかったかも……」

「いやいやいや。そこはもう、何度も話し合ったじゃない」

「そうですよ。澪先輩が普通に受験だなんて、何が起こるか分かったものじゃないんですから」

「深雪《みゆき》先輩も、春菜《はるな》先輩の直接の関係者はトラブル防止のため、お金とか推薦とかで解決できることは極力それで解決しよう、って言ってたじゃない」

「うん。それはちゃんと納得してる。だけど、一人だけ経験してないのは、なんか損した気分……」

今更どうにもならないことでむくれる澪。

全国で見ても高難易度のほうに入り、たとえ辛うじてでも模試でB判定を取れるのであれば、県内の高校の八割に余裕で合格できる潮見高校の入試。

が、真琴《まこと》同様フェアクロ世界で習得した多数のスキルで底上げされたうえ、なんだかんだ言ってまじめに勉強を続けてきた澪が苦戦するほどのものではない。

なので、推薦ではなく一般入試を受けていたとしても、澪が凛や総一郎と感覚を共有することはできないだろう。

けれど、たとえそうでも自分だけ同じ苦労をしていないというのは、なんとなくハブられているような気になるのだ。

それゆえに、感じが悪いと知りつつも、文句が口から出るのを止められなかったのである。

「高校入試はもう手遅れだから、大学入試は春姉《はるねえ》達みたいに一般入試受ける」

「そもそも澪ちゃんが推薦になったのって春菜先輩の大学入試でいろいろあった反省からだから、あたしとしては主に関係者の胃と頭髪の健康のために、大学入試も素直に推薦でいってほしいよ」

「てかさ、澪。一般的な受験を経験したいんだったら、ちょっと種類は変わるけど資格試験の類《たぐい》を受けてみたらどうだ？」

澪と凛のやり取りを見かねた総一郎が、横からそんな提案をする。

それを聞いて、その手があったかと目を輝かせる澪。

「よく考えたら、それもありだよね」

「何をとるかにもよるんでしょうけど、大半の資格試験は一回二回落ちても高校入試ほどは大きな影響ないはずですし、かといってそれなりにピリピリした雰囲気はあるでしょうから、受験を経験したいだけなら十分じゃないでしょうか」

澪が何か言うより早く、凛と副会長がそんなことを言う。

卒業までに起こった細々《こまごま》とした事件の影響か、どうやら本気で澪の大学受験は回避したいらしい。

実際のところ、各種運転免許や士業に就くためのものなどは別として、資格の類は大部分が持っていれば若干就職や出世に有利に働くとか、その程度のものでしかない。

しかも、それすら必ずしも機能するとは限らず、たとえば簿記三級などは受験資格が緩く小学生でも取れるため、持っている人間が増えすぎてアピールポイントにならず、その知識が必要な部署ばかりでもないので取っていなくても大きなマイナスもつかない状況になっていたことすらある。

それは極端な事例だとしても、全体的に資格や検定は一定水準の技量と知識を保証するだけのものが多く、特定の作業を行うために絶対に持っていなければいけない資格というのは案外少ない。

どう考えてもまともな就職をするわけがない澪の場合、まず間違いなく資格の有無が人生を左右するようなことにはならないので、記念受験でも問題ない。

因《ちな》みに、資格マニア的なところがある雪菜《ゆきな》は使いもしないのに大量の資格を持っており、機材さえあれば一人でちょっとした基礎工事をして簡単な建物を建てるくらいはできたりする。

「……せっかくだから、師匠や春姉の役に立てそうなのを取る」

「具体的には？」

「比較的取りやすいところで簿記、可能であるなら司法書士が取れるなら嬉《うれ》しいかも」

「つまりそれって、法学部のほうに行くってこと？」

「学部としては総合工学のつもり。ただ、師匠や春姉みたいに延々論文書かなきゃいけないほど発明だの発見だの、ボクがするとは思えない。というより、ボクがやりそうなことは多分、師匠が先にやると思う」

「「あ～……」」

澪の言葉に納得する凛達。

天音《あまね》や雪菜ほどではないにせよ、宏《ひろし》と春菜の名は発明品とセットでニュースになったり、道の駅で名前が出ていたりなどで、微妙に話題になってきている。

特に春菜は天音の血縁であり、その美貌から早くも天音の後継者と目されている節すらある。

春菜自身も最近そのことに薄々感づいているようだが、現在エアリスに関する事柄で悪い方向に迷走しており、そちらのほうまで気にする余裕は持っていないようである。

その結果、潮見に住んでいれば全く接点のない小中学生でも、時折名前を聞く程度には名前と業績が広がってしまっている。

そういったことから、凛達も宏や春菜のやらかしについてはよく知っているので、澪の言葉はこれ以上なく説得力があるのだ。

「それはそれとして、凛先輩と総一郎先輩はやっぱり、これから追い込みですか？」

「うん。そのつもり」

「だな。油断して落ちた日には、何やってんだか分かったもんじゃないし」

「澪先輩は？」

「ボクはちょっとした用事で、このあと教授のところに行かないと」

「なるほど……。だったら、これ以上引き止めるのは申しわけないですね」

そう言って、名残惜しそうに話を切り上げる副会長。

とはいえ、今後恐らく顔を合わせる機会は皆無になるだろうと分かっているので、見送りだけは最後までしようと校門まで同行する。

校門を出てすぐに、目と鼻の先にあるコインパーキングで車から降りてきた達也《たつや》から声をかけられる。

「澪、山手《やまて》君、大友《おおとも》さん。卒業おめでとう。山手君と大友さんは、二年半も澪の面倒見てくれてありがとうな」

「あっ、香月《かづき》さん」

「こちらこそ、澪ちゃんにはいろいろお世話になりました。特に料理教えてもらったのは、すごく助かりました」

達也の言葉に、どことなく恐縮したようにそう返事をする総一郎と凛。

余談だが、検査などの関係でよく澪を迎えに来るため、総一郎と凛は宏や春菜よりも達也と詩織《しおり》のほうが接点が多い。

最近は澪のついでにいろいろ奢《おご》ってくれることも多いため、下手をすれば澪の両親よりも澪の保護者としての印象が強い可能性すらあったりする。

まあ、おごりの原資はもらい物のタダ券や割引券、真琴の勧めで購入した株による各種株主優待などなので、達也の小遣いにも香月家の家計にもそれほど響いていないのはここだけの話である。

「香月さんは、澪を迎えに来たんですか？」

「おう。普通なら二人もついでに送っていくところなんだが、さすがにここからだと歩いて帰ったほうが早いからなあ」

「そりゃまあ、公立中学ですからねえ」

「あたしの家だと、ここからだと道が狭くて車は入っていけないから、ものすごく遠回りになりますしね」

達也の言葉に、苦笑しながら同意する総一郎と凛。

潮見二中の校区にある住宅街は、藤堂《とうどう》家がある高級住宅街のような例外を除き、大体が一方通行の連続だったり車の出入りできる場所が一カ所でかつすれ違いが非常に厳しい構造だったりする。

比較的都市化が進んだ地域にある公立中学なのだから、基本的に生徒は徒歩通学だ。

車のほうが早い生徒なんて、荷物が大量にあるか校区の端でかつ一番遠くなる方角に住んでいるかのどちらかくらいだろう。

「まあ、今後とも澪のこと、よろしく頼むわな」

「えっと、それに関してはまず、潮見高校に受かってからかな。ね、総君？」

「だよなあ……」

達也の言葉に、そう応じる凛と総一郎。

正直に言って、澪と行動するのは楽しいし、まだまだ世間知らずなので目を離すと不安なこともかなりたくさんある。

なので、澪の面倒を見ること自体は問題ない。

が、さすがに同じ高校に通えないと、友達付き合いすらいろいろ限界が出てくる。

残念ながら、現時点では達也の言葉に応《おう》とも否《いな》ともいえないのである。

「とりあえず、凛、総一郎。四月一日にお花見兼春姉の誕生日祝いやるから、その時ついでにボク達の進学祝いもしてくれるって」

「了解。素直に祝ってもらえるように、がんばってくるよ」

「だな。結果が出たら連絡するよ」

「ん、お願い」

そう言って、車に乗り込む澪。

「じゃ、また」

「うん、お花見の時に」

車に乗りながらそう告げた澪に、笑顔でそう返す凛。

こうして、澪の中学生活は無事に幕を閉じたのであった。

☆

「さて、全員揃《そろ》ったし、予定どおり進めよう」

三十分後、綾瀬《あやせ》研究室。

澪が到着し、神の城で待機していたエアリスとアルチェムを回収しに行った春菜が戻ってきたところで、『エアリスリンク解除作戦』を前に真剣な表情を作った天音がそう宣言する。

「実際に作業に入る前に、分かっていることの説明をさせてもらうね」

「うん」

「まず最初に前提条件の確認だけど、アルフェミナさんによる意図しない東《あずま》君の乗っ取りを防ぐには、エアリスさんの中に高濃度で凝縮されているアルフェミナさんの神気を一定以下の濃度になるまで排除するか、エアリスさんの資質を変質させる必要がある。ここまではいいよね？」

天音に確認され、同時に頷《うなず》く春菜達。

今更言われるまでもないことではあるが、勘違いがあってはいけないので言葉に出して定義や認識を統一しているのだ。

言うなれば、指差し呼称と同じことである。

「それで、いろいろ調べたんだけどね。方法自体はいくらでもあるけど、リスクの観点で言うなら、春菜ちゃんが繰り返しエアリスさんと性交渉を重ねて、ちょっとずつアルフェミナさんの影響を追い出して春菜ちゃんの神気で染める方法が一番安全なのは間違いなかったよ」

「……やっぱり、やらないと駄目かあ……」

「待って、まだ話は終わってないから」

天音の結論を聞いて、がっかりしつつも腹をくくる春菜。

その春菜に待ったをかける天音。

「あくまでもリスクが一番低い方法っていうだけで、現実的に飲める範囲のリスクでどうにかする方法だって一応あるから」

「えっ？」

「いやいやいや。前回一応言ってたよね。多分方法自体はあるって」

「……天音おばさんのことを信用してなかったわけじゃないけど、今までの流れから現実的な手段はないものとばかり……」

「まあ、アルフェミナさんからの脅され方を考えると、春菜ちゃんがそう思うのは無理ないけどね」

春菜の反応に、思わず苦笑する天音。

ここ最近の春菜の迷走ぶりを見ていると、こういう話の持っていき方をすれば、早合点するのも無理はない。

傍《はた》から見ればいい加減にしろと言いたくなるが、思いつめて視野が狭くなっている人間なんてこんなものだ。

「ねえ、教授。現実的に可能な方法があるんだったら、最初からそれを言ってくれればよかったんじゃ？」

「あくまで現実的に飲める範囲だっていうだけでノーリスクじゃないからね。心情的に折り合いがつけば実質リスクなしで可能な方法があるんだから、それを最初に提示しておかないとフェアじゃないでしょ」

「それは分かる。でも、春姉とエルがエッチすることが、本当にノーリスクだとは思えない」

「一応言っておくけど、私もこういうケースで心情的な問題を軽く見るつもりはないよ。この件が原因で、みんなの関係が破綻する可能性だって十分あるんだから、ね」

澪の突っ込みに対し、大真面目にそう告げる天音。

医師としては、リスクも含めて可能な治療方法はすべて提示するのが義務だ。

今回もその基準に従って、提示できる情報を提示しただけである。

「それに、他の方法で進めてしまうと、改めてこの方法でってわけにはいかなくなるから、念のために確認は必要だよね」

「試してみて駄目だったから、は無理？」

「可能性を切り捨てることでリスクを下げるから、無理。ついでに言うと、私が一番本命になると思ってる方法は、実行した時点で東君が乗っ取られる可能性自体がなくなるから、どっちにしても他の方法では無理になるよ」

「いきなり結果が出るとか、それはそれで怖い気がする……」

天音の説明に納得しつつ、なんとなく不安を覚えてしまう澪。

そんな澪の様子がマイナスに働いたようで、春菜の表情に迷いが浮かぶ。

「あの、エル様は最初のハルナさんとエッチなことする方法とアマネさんが言う多少のリスクを背負う方法、それぞれについてどうお考えでしょうか？」

春菜の迷いを察したアルチェムが、エアリスのそのあたりのことを確認する。

本当は前日までに話し合いたかったのだが、こんなときに限ってエアリスにもアルチェムにも動かせない予定が入ってしまい、前回天音に相談した直後から昨日までずっと機会がなかったのだ。

無理をして話し合いの時間を作ることもできたのだが、その結果今日に余計な予定が入ってしまっては元も子もないので、相談のうえ諦めざるを得なかったのである。

「アマネ様の案についてては聞いてみないことにはなんとも言えませんが、ハルナ様とそういうことをする、という点に関しましては、最近お父様やお母さま方から受けた教えを考えれば、早いか遅いかだけかな、という気がしなくもないのですが……」

アルチェムに振られて出したエアリスの答えに、天音を含めた全員が一瞬固まる。

「……ねえ、エル。早いか遅いかっていうのも気になるけど、王様達から受けた教えって、どんなの？」

「複数の妻を持つ殿方に嫁ぐ際の心得として、ご自身の経験からいろいろと教えてくださいました。

特に重要だったのが、全員で同時に子づくりを行う際の心得でして……」

「……ん、なんとなく察した。確かに、重婚の一番の醍醐味《だいごみ》は、一夫一妻だと普通は味わう機会なんてないはずの乱交を堂々とできること……」

「その際、男性一人に対して女性が三人以上になると、どうしてもあぶれる女性が出る時間がありますので……」

「うん、すごく理解した。いつでも割り込めるように体の準備をしつつ、気を引く手段として……」

「あ～、澪ちゃん。それ以上はちょっと置いておこうか」

やたら生々しく赤裸々な話に、困った様子で割り込む天音。

この中で唯一の子持ちなので、今更この程度の話で恥ずかしがったりはしないものの、この状況は天音にとってもなんとなく気まずい。

何が気まずいって、今日卒業したとはいえ書類上の身分はまだ中学生である澪と、学年は澪と同じであるエアリスが、春菜やアルチェムより突っ込んだ話をしそうなところが気まずい。

二人して春菜やアルチェムよりその手の話と無縁そうな外見をしているのが、さらに気まずさに拍車をかける。

もっとも、春菜が妙に初心《うぶ》で実践的な知識に欠けている理由は、どちらかというとポルノ産業が発達している割に、当てにできる作品や教材がほとんどないことが大きく影響している。

この点に関しては別に日本だけの問題ではなく、世界的にひそかに問題視されては解決に失敗している案件で、どこの国かに関係なく、育ちがよくて教養がある若者ほど男女の肉体構造以外の知識に疎い傾向があったりする。

「……えっと、エルちゃんは、その、平気なの？」

「平気かと言われますと、微妙なところですね。嫌ではないですけど、できれば最初はヒロシ様といたしたいというのが本音ですし……」

「だよね、そうだよね」

エアリスの本音を聞いて、我が意を得たりと急に元気になる春菜。

本当にいい加減にしろと言いたくなるその様子に、再び苦笑を浮かべてしまう天音。

どうせこのあとで自分の身勝手さにへこむのが目に見えているので、天音としてはあえてここではそういう突っ込みはしない。

「じゃあ、一番安全確実な方法は不採用、っていうことでいいよね？」

天音の確認に、全員が首を縦に振る。

それを見て一つ頷き、話を続ける天音。

「それじゃ、他の方法についての説明に移るよ。基本的な方針としては、肌を合わせない方法の亜種でエアリスさんを強制的に東君か春菜ちゃんの従属神に神化させて、アルフェミナさんの影響を排除する形になるんだけど、それはいい？」

「はい。物心ついた頃から、私はいずれ生きたまま神の国へ召し上げられるのだろう、と、なんとなく考えていました。自身が神となるとまでは思っていませんでしたが、人の世界から切り離される覚悟はできています」

「まあ、神化させるといっても、今回は本物の神に至る折り返し地点で止めるんだけど」

「そうなのですか？」

「うん。早急にしなきゃいけないのは、神化することを確定させて一気にアルフェミナさんの神気を追い出すことで、本当に神に至るのはいつでもいいの。というか、むしろ神気を追い出して接続を切ったあとは、東君や春菜ちゃんの神気にゆっくり体を馴染《なじ》ませたほうがいいんだ」

「それでは、今日のところはどこまでやるのでしょうか？」

「状況次第だけど、最低限神気を追い出すところまでは済ませる予定。できそうだったら、神化を確定させるまでやるけどね」

「念のために確認したいのですが、神化に向かうことで何か問題が出ることはありますか？」

「それは大丈夫。これはアルチェムさんもだけど、エアリスさんはすでに亜神になりかけてるから、神化に手をつけた程度じゃ特に何か変わったりはしないよ。せいぜいが寿命の概念がなくなって老衰じゃ死ななくなるぐらいだけど、それはもう実質そうなってる感じだし。むしろ、アルフェミナさんとの接続を切ることのほうが、影響が大きいぐらい」

今回やることの概要を聞き、そういうことならと納得する一同。

が、澪がすぐに疑問を口にする。

「ねえ、教授。教授がこれからやろうとしてる方法のリスクって、何？」

「エアリスさんとアルフェミナさんの縁をリスクが生じないレベルまで薄くする、っていう目的は確実に達成できるけど、それ以外にどんなことが起こるか分からないことが一つ。もう一つは、まず間違いなく想定外の何かが起こるだろうけど、それに四人全員が巻き込まれること」

「どんなことが起こるか分からない、って？」

「単純な話で、春菜ちゃんの体質が一時的に増幅された状態で活性化するの」

「……ああ、なるほど……」

天音の非常に致命的といえる説明に、思わず絶望した顔でそう返す澪。

春菜の体質は、今まで様々なトラブルを巻き起こしてきた。

その中でも一番大きなものは、最初にフェアクロ世界に飛ばされた際に、本来無関係だったはずの宏を巻き込んだことであろう。

他にもエアリスをピアラノークから救助したことやフォーレで落盤事故の救助に立ち会ったこと、神の船で飛行中にジズの巣へ突っ込んでしまって大量の飛行モンスターを仕留めて回収する羽目になったことなどは、間違いなく春菜の体質が影響している。

日本に帰ってきてからでも、畑関係で起こった怪現象や新発見の類は、ほぼすべて春菜の体質と権能、各種スキルが妙な具合にシナジーを起こした結果である。

さらに言えば、最近海外でよく聞く巨大企業の大規模破綻も、実は宏や春菜にちょっかいを出した連中が春菜の体質に巻き込まれて三段論法的な流れで破綻している。

基本的に結果だけを見るならケチのつけようがないほどプラスの結果に落ち着くのだが、その過程やその際に起こる周囲への影響を考えると手放しには喜べないのが、春菜の体質により巻き起こされる出来事である。

それが確実に、しかも増幅されたうえで活性化して起こると言われれば、絶望したくなるのも仕方がないだろう。

「あの、アマネさん……。ハルナさんの体質が活性化するって、いったいどんなやり方するんですか……？」

「みんながやることはすごくシンプルで、四人で手をつないで輪になって、春菜ちゃんの神気を循環させるだけ。リスク低減のために、細かい制御はこっちでやるよ」

「細かい制御をアマネさんがやらない場合、どんなリスクがあるんですか？」

「春菜ちゃんの体質が、余計な仕事をする可能性が増える。ぶっちゃけ、大した差はないとは思うけど、できることをやってもどうにもならなかったら、一応諦めはつくから」

アルチェムの質問に、自身の考えを説明する天音。

正直な話をするなら、春菜の体質に関してはありとあらゆる因果関係を無視するため、何をしても無駄な面はある。

同じように因果律や物理法則の類を完全に無視する体質でも、せめてアルチェムのように結果が予測できるタイプのものであれば対策も立てられる。

だが、残念ながら春菜の場合、スタートからゴールまで何一つ予測できる要素がない。

せいぜい、春菜自身が著しく不利になるようなことは起こらないのと、お約束と呼びたくなるような傾向がなくもない程度である。

それゆえに対策なんてやるだけ無駄ではあるのだが、何もしないとそれはそれで不安になってしまうのだ。

「あと、どうしても必要になったから、今回のことについて性交渉云々《うんぬん》以外の内容を私から東君に説明したよ」

「えっ？」

「本来なら、春菜ちゃんか澪ちゃんが説明するのが筋だったんだけど、時間がなかったからね」

あえて一切の感情を消し、淡々と告げる天音。

その言葉に、何を言われたのか理解できないという表情を浮かべる春菜。

「ん、それはしょうがない。先送りにしたのボク達だし、ボクも春姉も踏ん切りはついてなかったし」

「恐らく私達だと、ヒロシ様にプレッシャーをかけることなく繊細な要素をぼかして事実をうまく伝えることはできなかったと思います。ですので、アマネ様から伝えていただけたことは誰にとってもよかったのではないでしょうか」

「というか、ボク達は全員又聞《またぎ》きレベルだから、ちゃんと説明できるのは多分、元凶であるアルフェミナ様か直接聞かされた春姉、あとはこの件について深く調べてくれた教授しかいない。だから、結局は教授から説明してもらうのが一番だったと思う」

「そう言ってくれると、助かるよ」

何やらショックを受けているらしく、完全に固まっている春菜。

そんな春菜を放置して、現状について澪とエアリス、アルチェムの三人がそんな内容で意見を一致させる。

「そういうわけだから、春姉。致命的でもない問題でいつまでも固まってないで、このあとやることについて説明聞く」

「あっ、うん」

「というか、何をそんなにショック受けてるの？」

「えっとね、今回私、全部人に押しつけて逃げ回って状況を悪くしてるだけだって、今のですごく自覚しちゃって……」

「ねえ、春姉。きついこと言わせてもらっていい？」

「えっ？　あっ、うん」

「ここ最近の春姉だと、どうせ積極的に動いたら動いたで状況悪化させるだけだから、今のほうがむしろ状況としてはマシ」

澪の厳しい上に否定の余地がない言葉に、今度こそ完全に固まってしまう春菜。

それを見て、言っちゃった、という表情を浮かべる天音。

「この後のことを考えたら、それを言うのはもうちょっと加減するか終わった後にしてほしかったかな？」

「……教授、ボクにそこまでの器用さを求めないで……」

天音の苦情に、心底困った表情でそう反論する澪。

そもそも、澪の口が回る状況などネタに走ったときとそのあとの言い訳の時ぐらいだ。

こういうシリアスな状況で、オブラートに包みつつ相手に伝わるように、なんて能力的にもキャラ的にも、さらに言うなら人生経験的にも不可能である。

そもそも、直接の当事者ではないとはいえ、基本的に春菜に丸投げしておいて春菜が動くと話がややこしくなるだけだから大人しくしてろと言うのは、さすがにその言い草はない。

澪自身、それぐらい十分すぎるほど自覚しているため、嫌われるくらいのつもりでないととても物申せなかったのだ。

なので、内心では申しわけなさでのたうち回っている。

「とりあえず教授。春姉の復活を待ってるといくら時間あっても足りないから、今のうちに春姉が聞いてなくても問題ないことだけでも話進めたい」

「そうだね。私から言わなきゃいけないことというと……、ああ、そうそう。なんで東君に説明が必要だったか、は一応教えておいたほうがいいかな？」

「ん。知っておきたい。けど、春姉には聞こえてなさそうだけど大丈夫？」

「どちらかというと、澪ちゃんとアルチェムさんに関連した内容だからね。春菜ちゃん自身には特に関係ない感じかな」

「えっ？　ボクとアルチェム？」

「うん」

天音の言葉に、不思議そうに首をかしげる澪。

今回の件で、春菜でもエアリスでもなく、そのままでも特に何の影響も問題も出ない自分とアルチェムに関わることというのがピンとこないのである。

「ボクとアルチェムが、なんで関係してくるの？」

「東君が卒業祝いに渡すって言ってた澪ちゃんのブレスレットに、今回必要になる機能を追加してもらったんだ」

「そういうことなら、ボクが関係するのは分かった。ということは、アルチェムのも？」

「そうだね。ただ、アルチェムさんのほうは仕上げに使うことになるから、お花見の時に渡してほしいって頼んであるの」

「えっと、私の分で仕上げする、とは？」

「春菜ちゃんの体質がどんな仕事をするかにもよるんだけど、エアリスさんの神気が完全に入れ替わったあと、ちゃんと馴染んで定着するのにお花見の日までかかると予想してるの。だから、そのタイミングでアルチェムさんにブレスレットを渡してもらって、四つのブレスレットで不要な変化をしないようにいろいろ調整する予定なの」

「そういうことですか」

天音の説明で、いろいろ納得する澪とアルチェム。

確かにこの内容であれば、春菜が聞いていようが聞いていまいがあまり関係ない。

「なんだか、私のためにいろいろとお手数をおかけしているようで……」

「誰も悪くない事情で、本人の力ではどうにもならない問題を代わりに解決するのは、先達《せんだち》の務めだよ。私だってうっかり神化しちゃったときに、出てきた問題をいろんな人の手を借りて解決してきたわけだし」

自身は何もしていない、というよりできることがこれといってなかったことも含め、天音にひたすら世話になりまくっていることに恐縮するエアリス。

そんなエアリスに、穏やかな笑顔で気にするなと告げる天音。

天音だって、宏や春菜と同じ頃は、同レベル以上にいろいろやらかしては人間も神々も含めて様々な人達に助けてもらっている。

なので、天音からすればその時助けてくれた人の役割を、自分が果たす番になっただけだ。

ただ、内容が内容だけに仕方がない面があるとはいえ、もう少し報連相は迅速にかつしっかりとしてほしかったのと、相談する際の表現その他をもう少し考えて持ってきてほしかったというのはあるが。

「それで、教授。ボクのブレスレットが重要な役割を果たすみたいだけど、師匠がここに持ってきてくれるの？」

「東君いわく、エアリスさんの時みたいに勝手に飛んでいったりしない限りはそのつもりだって」

澪の疑問に天音がそう答えたタイミングで、部屋中を派手で荘厳な光が覆いつくす。

「……来たみたいだね」

「……エルの時も、こんな感じだった？」

「細かい部分はいろいろ違いますが、大体こんな感じでしたね」

澪がエアリスに対してそんな確認をしている間にも、大々的に所有権を主張するように、やたらと自己主張の激しい光が澪を包み込む。

そのまま、見せつけるように左腕の手首に光が集まり、直視できないほどの光量を周囲にばらまく。

光が収まった後、澪の左手首には春菜やエアリスがつけているものと全く同じデザインの、実にシンプルで上品なチェーンブレスレットが巻き付けられていた。

「ねえ、教授。完成した時点でこうなるんだったら、アルチェムのブレスレットの時、非常に困るんじゃ？」

「そのあたりは東君とちゃんと打ち合わせして、場合によっては仕上げの時に直接監督するよ」

「あっ、そのほうがいいかもですね。そもそも、お花見だとあまりこういうシーンを見せてはいけない一般の方もいらっしゃったはずですし」

澪の重大な疑問に、天音が真顔でそう対策を告げる。

天音のその頼もしい言葉に、ほっとしたような笑みを浮かべてアルチェムが同意する。

こうやって所有権を大々的に主張してもらえるのは非常に嬉しいという女心はあるが、奇跡を起こすレベルとなると仰々しすぎて恐縮のほうが勝る。

それに、アルチェムの中では自分は末席なので、他三人と同じようにというのはちょっとどころでなく気後れする。

「で、確認し忘れてたけど、このまま進めちゃっていいかな？」

「ボクは問題ない」

「あっ、ハルナさんとエル様が問題なければ、私は特に問題ありません」

「私も、わざわざ死んだりハルナ様だけに心労を押しつけるよりは、このままみんなでいろんなことを分かち合ったほうがいいと思います」

「だってさ。春姉、いつまでも呆《ほう》けてないで、ちゃんと返事する」

「…………あっ、……うん。このままやっちゃおう。というか、私のわがままでいろいろお膳立てしてもらっておいて、他のやり方はないかなんて言うつもりはないし、そんなことを言うかもと思われてるのが情けない気分かも……」

「春姉、いちいちへこまない」

面倒くさいことこの上ない女になっている春菜に対し、ビシバシ厳しく突っ込んでサクサク話を進めようとする澪。

普段とは見事に力関係が逆転している。

「今後どうなるか的な意味で春菜ちゃんの精神状態が非常に不安ではあるけど、腹をくったのなら移動するよ」

これ以上春菜を待っていても時間の無駄と判断し、ゲートを開いて全員を追い立て、儀式を行う空間へと移動する天音。

こうして、エアリスとアルフェミナをめぐる問題は、強引に最後の仕上げへと移るのであった。

☆

「こっちの準備はできたから、はじめよっか」

中央にある神聖な印象を与える大きな祭壇を大量の機械がぐるりと取り囲んでいる、一種異様な雰囲気の部屋。

その祭壇に春菜達を並ばせて何やら機械をいじっていた天音が、おもむろにゴーサインを出す。

ゴーサインを受けて、そっと両隣の澪とアルチェムの手を取る春菜。

同じように澪達も手をつないでいき、一つの輪が完成する。

「なんか、妙に照れ臭い」

「そうだね。子供の頃はともかく、この年になると手をつないで輪になる機会なんてないよね」

「そうですか？　私達は儀式でよくこんな感じで手をつなぎますが……」

「そうですね。あと、オルテム村ではお祭りの時に焚火《たきび》を囲んで手をつないで踊りますね」

手をつないだときのお互いの反応に、こんなところでも文化の差が出るものだとしみじみと感じ入る四人。

が、いつまでもそんなことをしていても仕方がないので、意識を切り替えて春菜が天音に手順を確認する。

「えっと、神気を循環させるのはいいけど、どっちから回したほうがいいの？」

「どっちからでも、春菜ちゃんがやりやすいほうでいいよ」

天音のその言葉に従い、軽く経路を確認してから右手につないだ澪の左手に神気を流し込む。

澪に流し込まれた神気はそのまま身体の隅々まで駆け巡ったあと、澪の右手からエアリスに流れ込み、アルフェミナの神気を押し出しながらアルチェムを経由して春菜の元へ戻ってくる。

「……なるほど、こういうことか」

アルチェムの体を通り抜けた際、神気が一定以上の圧力になりかけるたびに外に排出されるのを見て、ようやくアルチェムだけブレスレットをつけていない理由を察する春菜。

空圧回路で必須となる、圧力を設定範囲に保つための弁。その役割をアルチェムが果たしているのだ。

そのついでにアルフェミナの神気を外に逃がしているので、普通に考えたら神気の流れが逆方向だと困ったことになりそうだが、そのあたりの問題を解決するために様々な機械が設置されているのだろう。

澪の役割はある種のフィルターらしく、春菜から出た、もしくは春菜に戻ってくる神気になにかしらの調整を加えているようだ。

アルフェミナの神気の影響が大きいため、残念ながら現段階では澪の体を通り抜けた神気にどんな調整がなされているのかは分からない。

だが、戻ってきた神気の状態を見る限り、これをやっていなければ春菜以外の三人の神化が、進んではいけないところまで一気に進んでいたのだけは分かる。

「……春姉。制御内容が気になるのはよく分かるけど、今は余計なこと考えない」

「あっ、ごめん」

流し込んだ神気で意識が筒抜けになっていたようで、澪にサクッと釘《くぎ》を刺される春菜。

もっとも、釘を刺している澪自身、何を行うために自身のブレスレットを改造したのだろうかという不安がないわけではないらしく、その気持ちを必死になって忘れようとしていることが神気を通じて伝わってきている。

逆に、この手の儀式に慣れているエアリスとアルチェムは、始まって早々にトランス状態に移っており、完全に無我の境地に至っている。

その差に本日何度目かのがっくり状態に入りそうになり、余計なことを考えまいと首を左右に振って意識を切り替える春菜。

(今大事なのは、今後そういう機会があったときに、エルちゃんが仲間外れになったり後悔したりせずに済むようにすること。個人的な反省や後悔なんかはあとですればいい)

澪に釘を刺されたこともあり、できるだけ頭を空っぽにするように強く意識する。

とはいえ、雑念を追い出そうとすればするほど、雑念が湧いてくるのが人である。

(頭を空っぽに、空っぽに……。そういえばマヨネーズが空になりそうだから、そろそろ作らなきゃ……。って、そうじゃなくて……)

こんな雑念入りまくりの思考を続けること、三十秒。

下手にハイスペックな脳が災いして、たった三十秒で十万回を超える余計な連想を続けたところで、ついに春菜は雑念を追い出そうとすることを諦めた。

なお、言うまでもないことだが、雑念の九割はマヨネーズを何味にするかとか、ケチャップもそろそろ作り足そうとか、来週バックコーラスの仕事だっけとか、レポート三つ来週期限だったかもとか、そういった日常的な内容である。

むしろ、色ボケしているのにエロ関係がほとんどないことと、食い意地の割に食べ物関連が半分程度であることに驚くべきかもしれない。

(もう無理っぽいから、宏君のことだけ考えよう……)

どうやっても雑念を追い出せなかった春菜が、腹をくくって没頭できることに思考を移す。

結局のところ、究極的には宏とエアリスの不利益につながらないのであれば、過程も結果もどうでもいいのだ。

そう割り切れたあたりで、春菜の口から無意識に歌が零《こぼ》れ落ちる。

「は、春姉……!?」

「ハルナ様!?」

「あの、ハルナさん!?」

唐突に歌い始めた春菜に、ぎょっとして声を上げる澪、エアリス、アルチェム。

そんな三人とは対照的に、やっぱりという表情とあちゃーという表情が入り混じった顔で事態の推移を見守る天音。

春菜の根源に絡みついている以上、いずれ歌いだすだろうと天音は予想してはいた。

だが、予想してはいても歓迎はしておらず、さらに言えば何事もなく最後まで終わらせるという点においては、儀式が安定し始めて澪達がほんの少し気を緩めた瞬間という割と最悪なタイミング。

だからこそ、澪達が慌てた様子を見せたのである。

「――――――♪」

そんな周囲の様子を一切合切無視し、歌に没頭しながら一気に封印もリミッターも吹っ飛ばし、全開で神気を循環させ始める春菜。

それに伴い、どんどん高まっていく神気の圧力。

アルチェムという圧力弁がなければ、澪達は自身で制御できないレベルの権能を得て強制的に神化させられるか、逆に跡形もなくミンチになっているかのどちらかであっただろう。

なお、普通にやれば神化する可能性は億分の一にも満たないが、春菜の体質的なことと神気の性質、さらには澪達との関係性を考えれば、ほぼ確実に神化してしまうパターンである。

それだけの強さで循環させたのだから、歌が始まって数秒もたたぬうちに、アルフェミナの神気はエアリスの中からひとかけらも残さず追い出されている。

しかも春菜の神気はアルフェミナの神気だけでなく、何か別のものも一緒に排出している。

その穴埋めをするかのように、アルチェム以外の三人が身につけているブレスレットから宏の神気を引っ張り出し、春菜の神気と半々になるように混ぜて満たしていく。

成り行きに任せておくと混合比が怪しげなことになったり、圧力弁があってなお危険なレベルまで圧が上がってしまうため、適正範囲になるように天音が必死になって調整を続ける。

「春菜ちゃん、春菜ちゃん」

約一分後。恐らく一番にあたるであろう部分を歌い終えた春菜に、天音が有無を言わさぬ声色で呼びかける。

排出してはいけない大切な何かまで排出してしまっているので、強引にでも儀式を終わらせる必要があったのだ。

本来ならアルフェミナの神気をすべて追い出した時点で止めたかったのだが、春菜の意識に割り込めるのがいわゆる間奏のタイミングしかなかったのである。

「……あれ？」

「よかった。ちゃんと戻ってこれたんだね」

天音の呼びかけに反応し、不思議そうな表情で周囲を見渡す春菜。

それと同時に神気の流れが途絶え、澪、エアリス、アルチェムの三人が手を放して座り込む。

「……もしかして、私……暴走してた？」

「暴走というか、トランス状態に入ってたね」

澪達につられるようにその場に腰掛けながら、不安そうに天音に問いかける春菜。

そんな春菜に渋い顔で天音がそう告げる。

「うわあ……、ごめんなさい……」

「タイミングも含めて最悪の流れではあったけど、一応予想はして対策も打ってはいたから、本当の意味で最悪にはなってないよ」

「そっか……。ごめんなさい……」

「やっちゃったことはしょうがないから、今は無事に終わったことを喜ぼう」

そう言って機械を操作し、何が起こっていたのか確認をする天音。

儀式中の記録をざっと見て眉をひそめる。

「……うん。やっぱりアルフェミナさんの神気以外にも何かが抜けていったんだけど……それが何なのかが分からない」

「そうなの？」

「うん。春菜ちゃん、何か変わったことはない？」

「……ん～、……頭がすっきりした以外、特にさっきまでと違うところはないかな？」

「頭がすっきり、ね……」

嫌な予感しかしない言葉に、さてどう調べたものかと思案する天音。

春菜の権能や神気に、何かを抜いて頭をすっきりさせるなんて性質を持つものは一切ない。

なので、間違いなく体質のほうが何かを起こしているのだが、それを調べるとなると至難の業だ。

そこへ、ブレスレットにつながっているリンクから神気を大量に持っていかれた宏が、慌てた様子で転移してくる。

妙にタイムラグがあったのは、転移するシーンを見られないようにする必要があったのと、この儀式場の時間が外部と切り離されているからである。

因みに、宏自身には神気を抜かれた影響は一切出ていない。

「なんぞ、えらい神気が暴走しとったけど大丈夫なん!?」

「ああ、東君。かなりの量の神気を抜かれたと思うけど大丈夫だった？」

「あんなもん、封印の隙間《すきま》からにじんでる量にもなってません！　で、春菜さんらは!?」

「即座に命や人格に影響する類の問題は出てないよ」

「また、不安になる言葉ですやん……」

天音のあいまいな言葉に思わず頭を抱える宏。

そこへ、困ったような顔で天音が追い打ちをかける。

「私もね、絶対何か大問題が発生してるとは思うんだけど、春菜ちゃんは頭がすっきりしたとしか言わないし、澪ちゃん達はバテてるしで、どう調べたものかって悩んでるところなんだよね……」

「なんちゅう難儀な……」

天音の正直な告白に、渋い顔をしながら春菜達を観察する宏。

すると、最近春菜達から感じていた、ある種肉食獣じみたプレッシャーが薄れていることに気がつく。

「なあ、春菜さん。なんか、ものすごい穏やかな感じになってへん？」

「あ～、そうかな？　……うん、そうかも」

「落ち着いてくれたんやったらそれはそれでありがたいんやけど、いろんな意味で喜んでええんかどうかがなあ……」

「誤解されると嫌だから念のために言っておくけど、私が宏君をすごく愛していることも、望まれたら何でもしてあげたいと思ってることも何一つ変わらないよ。むしろ、今までより気持ち自体は深く大きくなってるかも」

「……マジかい……」

「ただ、なんていうのかな？　宏君が求めてくれるのを、いつまでも待っていられる感じ？」

不自然な笑顔を浮かべながら、ストーカーすれすれの台詞《せりふ》を言い切る春菜。

その視線や口調に色が感じられないのがかえって色っぽく、宏の背筋にぞくりとした恐怖が走る。

「なんや、春菜さん。落ち着いたっちゅうか、怖なったっちゅうか……」

「ふむ。これは俗に言う、賢者モードってやつだね」

ビビりまくりながらついつい正直な感想を口にした宏の発言を受け、突然現れた青い髪の青年がそんなことを言う。

「あっ、アインさん」

「教官、来とったんですか？」

「そりゃね。大事な教え子と親戚の一大事で、何が起こるか分からない儀式をするっていうんだからさ。関係者全員のためにスタンバイくらいするよ」

現れたのは宏と春菜の指導教官ことアインであった。

「ねえ、アインさん。私だと春菜ちゃん達の状態をどう調べればいいのかすら分からないんだけど、アインさんは分かったの？」

「ああ。といっても、これは権能を完全に縛っている天音が分からないのも仕方がない。そうでなくても、本来ならかなり強引にこじつけても難しいレベルで管轄外の部分だからね」

「と、いうと？」

「さっき賢者モードと言ったように、春菜達の性欲が純粋な愛情に昇華されたうえで、余分な部分

が全部外に排除されたんだよ」

「うわあ……」

「因みに、根絶されたわけじゃない、というより、あのやり方だと完全になくなることはないから、そのうちまた性欲は元に戻るよ。具体的には、ざっと百年後くらいになるかな？」

サクッと答えを教えてくれたアインに、全員の表情が完全に固まる。

「まあ、僕も人のことは言えないけど、理由はどうであれ一度宏のレベルで女性に対してヘタレるようになったら、それを乗り越えるには相当な根性が必要だし、あんまり強引に迫られたら逆効果だからね。タイムスケール的にもちょうどいいんじゃないか？」

「ちょうどいいって、アルチェムさん以外は身内がみんな普通の人間の寿命しかないから、ご両親に子供を抱かせてあげられないのは問題なんじゃ……」

「そんな元から無理だと分かっていることを今更気にしてもしょうがないさ。それに、性欲が排除されたといっても、宏から求めれば秒でスイッチが入る状態だしね」

「それはそれでありがたいなあ……」

天音の示した懸念に対しアインがそう言い、それに対して思わず宏がぼやく。

どこまでも男の側に都合がいい状態だが、宏としては性格的に手放しには喜べない。

そんな宏の様子を、慈愛に満ちたアルカイックスマイルで見守る春菜。

「ちゅうか、教官。状況がよう分かってへんのですけど、こうなるんは防げんかったんですか？」

「無理無理。儀式に影響を与えない形で春菜がどんなことを考えるか正確に予測するなんてこと、心や思考を読む類の権能に特化した神でもなきゃできない。それに読めたところで、春菜の体質やら何やらがどんな形で反応を示すかなんて、起こってみるまで分からないし」

「教官でも無理なんや……」

「この手の極まった混沌《こんとん》系の権能というのは大抵制御不能なうえに、同じ混沌系の極まった権能でも干渉ができないからね。そもそも春菜の体質を何とかできるなら、君達が日本に帰ってきた時点で対処しているさ」

「そらまあ、そうですね」

アインの説明に、諦めの表情で納得する宏。

どうにかできるのであれば、春菜本人も含めて誰も苦労はしていないのだ。

「とりあえず、天音、宏。多分気がついているとは思うけど、仕上げは五年ほど待ったほうがいい」

「うん、分かってる。まあ、ここまで春菜ちゃんが囲い込んじゃってたら、無理に仕上げしなくても外部からおかしなことをされるリスクは低いかな？」

「つちゅうか、この状況で関係ない連中がエルらに手ぇ出すとか、自殺願望があるとしか思えませんで……」

アインの注意事項に、遠い目をしながら言う天音と宏。

「ねえ、宏君。そろそろ澪ちゃん達を休ませてあげたほうがいいと思うんだ」

話が一段落したと判断したか、春菜がそんな風に割り込んでくる。

見ると、座り込んでいた澪達が、うつらうつらと舟をこぎ始めていた。

「ああ、せやな。教官、教授、神の城に連れてって大丈夫ですか？」

「僕の見立てでは、むしろそのほうがいいだろうね」

「澪ちゃんのご両親には私から連絡しておくから、一晩ぐらい神の城で安静にさせてあげて」

「了解です。ほな、行こか」

「うん。それじゃあ、天音おばさん、アインさん。今回はお世話になりました」

そう言って、澪達を連れて神の城に転移する宏と春菜。

こうして、エアリスとアルフェミナに絡む一連の騒動は、根本的な性欲の問題を強引に解決する形で幕を閉じたのであった。

因みにアルチェムのブレスレットだが、結局、結婚関連の話が具体的に進みだしたときに、これといったエピソードもなくあっさり渡すことになったのはここだけの話である。

☆

「それで、昨日の儀式の影響が春菜ちゃん達の性欲だけにとどまってるとは思えないんだけど、アインさんは何か分かりそう？」

儀式終了の翌日、天音の研究室。

春菜達の体調やらなにやらのヒアリングも終わったところで、再び顔を出したアインに天音がそう確認する。

なお、この場には現在、ヒアリングを受けていた春菜、澪、エアリス、アルチェムの他に、宏も同席している。

「そのあたりが終わったから、報告に来たんだ。春菜達の体のほうは、何か出てきた？」

「心身ともに不必要なまでに安定してて、それに引きずられて力とか権能も逆に不安になるぐらい凪《な》いだ状態で安定してるの」

「なるほど。まあ、精神的な安定なんて、五年もせずに揺らぎが出るだろうから、あまり深く気にする必要はないよ」

「だよね。それで、アインさんの報告って？」

「大したことじゃないといえば、大したことじゃないんだけどね。例のバルドとやらの概念を使って春菜達にちょっかいを出してた連中が、一網打尽にされたって程度」

「あ〜、その程度で済んだんだ」

普通に考えれば大したことはないとは言いがたいことを、あっさりその程度と流すアインと天音。

それを聞いた宏が、恐る恐る口を開く。

「あの、教官。それで大したことないっちゅうと、どんなこと想定してましたん？」

「最悪、ちょっかい出してた連中が管理してる世界がダース単位で崩壊する覚悟はしてた。ご丁寧にそいつらの管理権限を剥奪《はくだつ》して別の存在に移管してから消滅に近いダメージ与えてるから、僕達がしなきゃいけなかった後始末がほとんどなくて助かったよ」

「うわあ……」

なかなかにダイナミックなことを言いだしたアインに、思わずドン引きした声を漏らす宏。

その横で、何かに気がついた様子でエアリスが手を挙げる。

「あの、アイン様。質問よろしいでしょうか？」

「どうぞ」

「今の話しぶりから、アイン様は私達やアルフェミナ様に攻撃を仕掛けてきた神々について、全容を把握されていたような印象を感じましたが、そのあたりはいかがでしょうか？」

「完全に把握してるかというと、答えは否《いな》。ただし、現時点で君達に手を出してた連中については、全部を把握してる」

アインの不自然な言い回しに、どういうことかと眉を顰《ひそ》めるエアリス。

いろんな意味で相手のほうが圧倒的に格上なので迂闊《うかつ》なことは言えないが、もう少しはっきりした答えが欲しいところである。

「教官、質問。もしかして、まだボク達に手出ししてきてない神々もいる？」

「そりゃもちろん。そもそも、連中は目的が同じであるだけの有象無象が、連携も何もない形でそれぞれが好き勝手に君達にちょっかいをかけてただけだからね」

「むう……。それだと、今後もなくならない……？」

「そりゃそうさ。ただまあ、数百年は新規で何かちょっかい出そうってのはいないだろうね。昨日のアレが完全に収まってるかどうか、僕にすら分からないし」

「そうだよね。私が儀式に使った設備にも、終わったかどうか疑わしい反応が残ってるし」

「「「「えっ……!?」」」」

アインの衝撃的な一言とさもありなんと頷く天音の反応に、思わず同時に驚愕《きょうがく》の声を出す宏、春菜、澪、エアリス、アルチェム。

調査が終わったというのだから、さすがに現象も終わっているものとばかり思っていたのだ。

「神化後の春菜の体質との付き合いは君達のほうが長いのに、あれぐらいで終わると思ってるなんて、さすがに認識が甘すぎやしないか？」

「返す言葉もあらへんなあ……」

「ただ、目的が同じだったら、なんで足並みを揃えてちゃんと計画を立てて攻撃してこなかったんでしょうね？　今回のエル様経由によるアルフェミナ様への攻撃は、もう少しうまくやれば成功していた気がするんですけど……」

「そりゃ、動機が違う上に誰が動いてるかを攻撃側は把握していないからね。生まれたてのくせに自分より強い力を持ってることが気に食わない連中と未熟なうちに力をかすめ取りたい連中、単に環境を攪乱したいだけの連中、マッチポンプで恩を着せたい連中、そんな者達が手を組むのは難しいと思わないかい？」

「……最初のほうはともかく、ある程度計画が進んだら内輪揉《も》めで自滅しそうですよね……」

「せやなあ。特に攪乱《かくらん》したいだけの連中が内輪揉め煽《あお》りそうとか、力かすめ取りたい連中が取り分で揉めそうとか、気に食わん派がそれで自分を上回られるとおもろないから妨害しそうとか、ぱっと思いつくだけでも自滅しそうな要素は満載やからなあ……」

「でしょ？」

アルチェムの質問に対するアインの答えに、深く納得する宏達。

動機が同じもの同士ですら、かろうじて団結できそうなのが〝気に食わない派〟ぐらい、その次ぐらいに共闘できそうな〝攪乱したい派〟もどういう方向に攪乱するのかで揉めて分裂しそうなのが微妙なところである。

「でもさ、アインさん。それならそれで、私達に情報くれるとか、適当に対処しておいてくれるとかなかったの?」

「今回のアルフェミナのレベルなら、崩壊すべきではない世界が崩壊する可能性につながるから、ある程度動きもするけどね。それ以外はしょうもないことばかりなんだから、これぐらい自分で対処してもらわないと困る」

「……うう、さすが指導教官。要求が厳しい……」

「そりゃそうさ。僕が動くっていうのは、そういうことだし。それに、有象無象が好き勝手に動いてるから、いちいち対処してたら通常業務に支障をきたすレベルでキリがなかったし」

「そんなに!?」

「うん、そんなに。具体的な結果につながる前に頓挫したのも含めれば、一日最低一個は何かあったしね」

「……全然、気がつかなかった……」

「気がつくようだったら、有象無象だとは言わないよ」

春菜のクレームに対し、飄々《ひょうひょう》とした態度で割とシャレにならない事実を告げるアイン。

連中の場合、バルドを介して実行という手順を踏むうえ、思いついたことを片っ端から雑に実行していたため、具体的な結果が出るほうが稀《まれ》だったのは当然ではある。

だが、それはそれとしてそこまで攻撃を受けて気がつかない鈍感さは問題ではないかと心配になる話ではある。

もっとも、今回の話は震度計ですら条件が悪ければ察知できないことがある震度一の地震を、毎回状況や条件に関係なく察知できるかという話に近い。

これが分からないからといって何の問題もないのだから、気にするだけ無駄ではあろう。

「まあ、そういうわけだから、不完全燃焼かもしれないけどバルドの黒幕に関しては一応ケリがついたと思っていいよ」

「ほんまに？」

「まあ、今更止まらないところまで進んでる何かが出てくるかもしれないけど、指示を出した連中は全部消滅してるか、消滅したほうがましな状態になってるかのどっちかだからね。大雑把《おおざっぱ》な対処でも君達のほうに被害は出ないと思うよ」

「さいでっか」

いまいち信用ならないアインの言いように、胡散臭《うさんくさ》そうな表情を隠そうともせずにそう応じる宏。

結局のところ、不気味に蠢《うごめ》いていたバルドの黒幕関係は、宏達がこれといって具体的なアクションを起こす前に勝手に自滅して終わったのであった。

第82話　その頃のマコッチ姉って、十八禁BL本じゃなかった？

「ありゃ、当選しちゃったかあ……」

時は流れ、エアリスリンク解除作戦から二年後の秋。

真琴《まこと》のもとに、冬の大規模同人誌即売会の当選通知が届いた。

「一応出品できる本はいっぱいあるけど、ちゃんと新作も用意しておいたほうがいいわよねえ……」

手元の原稿データを見ながら、少し考え込む真琴。

普通の同人作家であれば、何一つ手つかずなのはかなりヤバい、そんな時期だ。

だが、真琴の場合、ネタさえあれば普通の同人作家が一ページ描く時間で五ページから十ページは平気で描く。

筆が乗っているときは三日から四日で一話分、ラフから清書まで終わらせることもざらだ。

なので、今から新作でも間に合うのは間に合う。

問題なのは、一応真琴も現在卒論の最中だという点だろうか。

「やろうと思えばまあ、卒論と同時進行は全然問題ないんだけど、卒論はこれをそのまま仕上げちゃっていいのかしらねえ……」

漫画のために取り寄せた様々な資料や最新の論文と、綾羽乃宮《あやはのみや》所有の文化財などから導き出される考察。

それらを大雑把《おおざっぱ》にまとめた論文の下書きを見ながら、少し悩む真琴。

真琴の研究テーマは日本人。

言っては何だが、それほど珍しいテーマではない。

が、真琴の資料の中には、春菜《はるな》の伝手《つて》で直接天照大神《あまてらすおおみかみ》から入手したものや、そこからの横のつながりでもたらされたものがゴロゴロしている。

それらの影響で、なかなかにショッキングでセンセーショナルな、あちらこちらに喧嘩《けんか》を売っているとしか思えない結論の論文が仕上がりそうなのだ。

「うちの教授は面白がって煽りそうだけど、煽るだけ煽って対処はあたしが自分でどうにかしろ、とかやりそうなのがねえ」

所属する研究室の教授の性格を思い出し、渋い顔をする真琴。

真琴を指導している楢原《ならはら》教授は、様々なことに造詣が深く教え方も上手で、必要とあらば自分が長年かけて集めた資料を教え子にばらまくのも厭《いと》わないという、大変ありがたい人物だ。

しかし、なんでもパーフェクトとはいかないのが世の常で、楢原教授はとかく喧嘩や議論を煽るのが好きで、隙《すき》あらば対立の火種を作っては大きくしようとする悪癖がある。

割と有名なその悪癖のせいで、講義は大人気なのに研究室の人気はそれほどでもないというとても面白いことになっているのだ。

「まあ、極論、卒業さえできれば卒論の内容が最終的に否定されても別に構いはしないし、適当にオブラートに包みまくって微妙な結論に落とし込めばいいかしらね」

悩みに悩んで、そう結論を出す真琴。

たかが学士論文だし、真琴は宏《ひろし》や春菜ほど注目も浴びていないので、そこまで騒ぎになることもないだろう。

もっと言うなら、一般企業に就職する気がなく学費にも困っていないので、別に留年したらしたで構わない。

「ぶっちゃけ、論文のほうは叩《たた》かれても大して痛くないし、あんまり本腰入れて研究続ける気もないし、隙のある内容に仕上げたほうが後々助かるかもしれないわね」

そんな舐《な》めたことを考えつつ、即売会向けの原稿を描く時間を確保するために手早く論文を書き上げていく真琴。

頭の中では、同人誌のネタを超高速でこねくり回している。

「そういえば、あたしが生まれる前ぐらいだったかしら？　世界の文明は大きくは日本とそれ以外に分けられる、みたいな論文を出してた人いたわよねえ。この論文も、そっちの理屈を補強しちゃってる感じよねえ」

頭の片隅に残っていた、海外の学者の論文をふと思い出す真琴。

経済学でも一般的なモデルからかけ離れた動きをしがちな日本だが、文明論の面でも何気に異質なところが目立つのはこの分野の共通認識に近い。

その極端な事例が、その海外の学者が発表した『日本とそれ以外で文明を分類する論文』であろう。

「達也《たつや》じゃないけど、神様が直接知り合いにいると、知らないほうが幸せだったんじゃないかってことをちょくちょく知る羽目になるわねえ……」

そんなことをぼやきながら、どんどん論文を仕上げていく。

そのままの結論で仕上げるか悩んでいただけなので、第一稿の清書はあっという間に終わる。

「さて、鬼《おに》が出るか蛇《じゃ》が出るか。まずは明日にでもこの論文を提出するとして、同人誌のほうは澪《みお》を連れていくために全年齢のオリジナルで申請したから、できるだけＢＬ要素は抑えなきゃねえ」

あっという間に論文のことを頭の中から追い出し、先ほどまでこねくり回していたネタを吟味しだす真琴。

だが、直前まで考えていたことの影響を、完全に排除することなど不可能だ。

春菜経由で知る羽目になったいらぬ情報が頭の中でドッキングしてしまい、ある種自滅に近い内容が組み上がってしまう。

「……駄目ね。どうしても、ジュラシック日本神話って単語が頭から離れないから、それでいくしかないわね……」

あまりにがっちり組み上がってしまい、どうやっても頭の中から消せなくなったネタを、諦めて受け入れる真琴。

無意識とは恐ろしいもので、気がつけばすでに全二十四ページのラフが仕上がってしまっている。

「これはもう、とっととスタジオに行ってペン入れに入ったほうがいいわね」

そう言って、データを保存して席を立つ真琴。

ついでに、澪および漫研メンバーにも、当選したことと正味薄い本としか言えない分量だが新刊のラフができたことを通達する。

因《ちな》みに、真琴が漫研に所属したのは去年の春からで、本格的に同人活動に復帰するための一環である。

その時ついでに漫画に使う機材や資料を保管する倉庫兼作業スペースとなるスタジオを現金一括で購入している。

いずれ藤堂《とうどう》家から独立するための第一歩なのだが、普通に一括で購入できるだけの資金が手元にあったあたり、真琴も春菜達の同類だと言えよう。

なお、使った資金はとりあえず株取引でサクッと穴埋めしている。

ＦＸのようなリスクの高いものに手を出さずとも建物を一軒購入できるだけ稼げるのだから、その筋の人から見ればとてももったいない人生を送っている。

「さて、値段と手に取りやすさを優先して薄いままにするか、それとも話数を増やして単価は上がるけどお得感を増すべきか、悩ましいわね」

売る側からはもう何年も離れているため、完全に勝手が分からなくなっている大規模同人誌即売会。

その対応に頭を悩ませる真琴であった。

☆

「真琴姉《まことねえ》」

「あら澪、早いわね」

「ん」

スタジオに到着すると、入口の前ですでに澪が待っていた。

「他はまだ？」

「ん。ボクが一番乗り」

「そう。まあ、そういうわけだから、あんたの即売会デビューは決まったわ」

「ん、がんばる」

「がんばんなきゃいけないようなことではないけどねえ。ま、参加してみればイメージほど大層なものじゃないから、気楽になさい」

「ん」

そう言いながら、鍵を開けて中に入る真琴と澪。

最近はデジタルで作業する範囲が大きいこともあり、作業スペースは割ときれいに整理されている。

「じゃあ、まずはラフを見てもらおうかしら」

「ん。……真琴姉、これ大丈夫？」

「まあ、少なくとも日本神話に関しては、神様方が怒ることはないわね。これぐらいのレベルだと今更だもの」

「……すごく納得」

真琴の一言に、あっさり不安が消えてなくなる澪。

日本神話とギリシャ神話と北欧神話に関しては、すでにこの程度では利かないぐらいいじり倒されている。

真琴が新たな扉を開いたぐらいでは、今更大した差はない。

「ただこれ、日本神話だけじゃなくていろんなバージョン作れちゃうけど、真琴姉はどこまで対応？」

「笑って許される範囲しかやるつもりないわよ。当のギリシャ人がいじり倒してるギリシャ神話とか、現地の人がすでにあいまいな理解しかしてない北欧神話とかはともかく、インドとかエジプトとかは反応が分からないから下手に触《さわ》れないし」

「ん、そのほうが安全」

「あと、タイとかあの辺になるとそもそもどんな神話があるか自体を知らないから、ネタにしようにもできないってのはあるわよ」

「確かに、ボクもそのあたりは全然分かんない」

そりゃそうだとしか言いようがない真琴の言い分に、全面的に納得する澪。

世の中、許される境界線というのはちゃんとあるので、それを守るに越したことはない。

特に宗教と神話は間違えて踏み越えてしまうとシャレで済まないので、ボーダーラインを探るような危険な真似をしてはいけない。

「ボク、この手の話のたびに思う。人間社会って不自由」

「当の神様が案外寛容というか、人間がやる失礼なんてどうでもいいって思ってる節があるのにねえ」

「ん」

澪のボヤキに思わず同意する真琴。

そもそも人と神とでは感覚が大きく乖離《かいり》しているので、祟《たた》る理由や基準が失礼かどうかではないのは当然といえば当然である。

だが、神が笑って許すどころか気にもかけないようなことで戦争を起こせるのが人間だ。

そのあたりは、表現者として食っていくなら常に気にかけるしかない。

「でもね、ボクいつも思う」

「何よ？」

「神様って意外と寛容だけど、割と迂闊《うかつ》に祟る」

「……そうね」

「人間が決めた失礼か否かで話をしてて、迂闊に祟る部分を刺激しないか、いつも不安」

「そこは人間の基準がなくても一緒じゃない？」

「ん。でも、社会規範になってるかどうかは、結構重要」

「社会規範で神の逆鱗《げきりん》に触れるんだったら、とうにその原因になってる宗教とか文明は滅んでるんじゃない？」

澪の不安に対し、そんな身も蓋《ふた》もないことを言ってのける真琴。

実際、原因不明の滅亡を起こした集落や文明の中には、神の祟りを引き当てるような社会規範を持つに至ったところもあるのだろう。

「まあ、なんにしても日本神話以外に手ぇ出すの、もっと先の話になるだろうし、実在の皇室までネタにするならまだしも神話の範囲だったら文句言う人もそんなにいないでしょうし、今の時点では気にする必要ないでしょ」

「ん」

懸念はあるが、現時点で突っ込んでも意味がない。

そう結論を出したところで、他の漫研メンバーがスタジオに入ってくる。

「まこっちん、当選おめ〜。今から修羅場？」

「そうなるかもねえ。今澪に見てもらってた分だけで本にするんだったら、そんなに問題ないんだけどさ」

「あ〜、まこっちん特有の、その薄いのだけでいいのか問題」

「そそ。いいっちゃいいんだけど、なんかこう、ねえ」

漫研部長の正木佳代子《まさきかよこ》に、自分の中のモヤモヤを正直にぶつける真琴。

ページ数的な話をするなら、全部で二十四ページというのは同人誌では普通のボリュームだ。

それで出してもいいのだが、コスパ的な意味でそれでいいのかという葛藤があるのだ。

因みに、佳代子は漫研の部長をするだけあって、ぼさぼさのロングヘアにダサい眼鏡、童顔気味で年齢不詳の顔立ちという、わざとらしいぐらいオタク少女のテンプレートを踏襲した外見をしている。

真琴と並ぶと一応大学生には見えるが、恐らく澪とは別方向で成人しているようには見えないであろうタイプである。

「かといって、あんまり分厚いのは値段と重量で即売会的にはありがたくないのさね」

「そうなのよ。それがあるから悩ましいのよねえ。しかも今回のは、新ネタのつかみみたいな内容だから、できたら三話ぐらい一気に見せたいところだってのも難しいとこなのよ」

「ほほう？　ちょっと拝見」

真琴の話を聞いて、ラフをざっと流し読みする佳代子。

これまでのやり取りを黙って聞いていた他のメンバーも、同様にラフをチェックしている。

「……確かにちゃんと一話で完結はしてるけど、内容的にはつかみで終わってるねえ」

「ん。どうせあとで総集編出るんだろう的な感じで、足元みられそうな気がする」

「うんうん。それはある」

内容についての澪の見解に、確かにと同意する佳代子。

特に同一シリーズが長く続いたケースで顕著だが、同人業界では数年分の本を一冊にまとめて総集編として発行するのはよくあることだ。

今回の場合、題材が日本神話だということもあって、見るからに長く続きそうな作品だけに、総集編が出そうだと思われてしまうのは避けられない。

だったら、最初から総集編ぐらいのボリュームで出してはどうか、という考えは締切や卒論のことを考えなければ悪いものではないだろう。

「今回の場合、ネックはあーしとまこっちんが卒論やってるってことなんよねえ……」

「卒論で手を取られるってのは、俺と哲郎《てつろう》もそうなんだけど……」

「俺達はぶっちゃけ、誰でも代わりできるからどうでもいいだろ？」

佳代子の言葉に、数少ない四年生男子メンバーである滝沢悠馬《たきざわゆうま》と東山《ひがしやま》哲郎がそんなことを言う。

悠馬は美形ではないが爽やか系の男子で、二年浪人しているため今年二十四歳。哲郎はひげが似合いそうな熊系オタクで、今年二十二歳だ。

漫研全体では男女半々ぐらいなのだが、真琴の学年はどういうわけか女子の割合が高い。

なお、一学年下には俊和《としかず》がいるが、彼はいろんなところに所属しているうえ学部が総合工学部なので、ほぼ幽霊部員である。

もっとも、俊和の場合は総合工学部といっても宏や春菜ほどやらかしてもいなければ忙しくもないようで、要領よくレポートを仕上げては暇を作り、やりたいことに片っ端から手を出しているようだ。

漫研の活動にしても、特に何もないときは生存報告程度に顔を出して終わりだが、何か祭りのようなことがあったり人手が足りなかったりするときは、どこからともなく嗅ぎつけては手伝いに顔を出している。

なので、漫研メンバーにとっては、俊和はイケメンのお坊ちゃまというよりレアな助っ人として認識されている。

そもそも、真琴が漫研に所属するきっかけとなったのも俊和で、本格的に同人活動を再開させると聞いた俊和から雰囲気的に大丈夫そうだからと誘われて、佳代子と知らぬ仲でもなかったこともあって入部したのだ。

「はいはい。タッキーはまこっちゃんにアピールする前に、まず自分の原稿と卒論ちゃんと完成させなよ。特に卒論落としたら、退部の上ここに出禁だかんね」

「そもそも、役に立ってるアピールは、佳代姉《かよねえ》ぐらいにいろいろできるようになってから」

「みおちんはきっついねえ」

釘《くぎ》を刺した佳代子に、便乗して牽制《けんせい》する澪。

特に悠馬に対して何か思うところがあるようで、その視線は割と厳しい。

「それはそうと、あたし以外に誰か当選してる？」

「今回は全滅っぽいねえ」

「そっか。じゃあ、今回はあたしが委託を受ける側になるわけね」

部員の当落状況を聞いて、これまでの恩返しとばかりにそう言う真琴。

今までずっと落選が続いていたため、描いた新刊は毎回受かった部員に委託していたのだ。

「そーいや、まこっちんが初めてうちから本出した夏の即売会、よりにもよって受かったミーコが原稿落として実質まこっちんのサークルみたいになってたよね」

「あったわねえ、そんなこと」

「しゃーないじゃん。あんなタイミングで流行したインフル食らうなんて、予想外にもほどがあるって」

「その後の食中毒は加熱不十分な貝食ったのが原因だから、最終的には不注意による自業自得じゃん？」

「うっ」

真琴の記念すべき同人活動再開一発目に起こった珍事をいじる佳代子。

それに苦笑しながら一応抗議するミーコこと宮城《みやぎ》木乃香《このか》。

木乃香は真琴のサークルも含めると全部で四つある部内サークルでは最大手となる『サークル霊《れい》刀《とう》未完《みかん》』の主催者で、中学生の頃から主催サークルで参加しているつわものだ。

もっとも、部内最大手といっても所詮《しょせん》は有象無象の島サークルなので大したことはないのだが。

余談だが、木乃香は本来今年四年になるはずだったのだが、二年の時に必修の履修漏れをやらかして単位不足で留年しており、現在三年生である。

宏達は運よく引っかからなかったが、この年の履修システムはアップデートの影響でバグっており、単位不足や必修の履修漏れなどの警告が一切出ない状態になっていたのだ。

それが発覚したのが後期の履修登録の時だったのだが、木乃香のように通年の教科を履修漏れしている場合は当然手遅れなので、この年は結構な人数が留年している。

ただ、警告が出ないだけでちゃんと確認しようと思えばできるようになってはいたため単なる注意不足だという理由と、通年の単位を数日で補填《ほてん》しようとするのはいかがなものかという理由で、特に救済措置は取られていない。

分かりづらいシステムだと知っていながら確認を怠ったという迂闊な面はあったとはいえ、木乃香は泥縄式に改良された分かりづらい履修登録システムの被害者だと言えよう。

「ミーコ姉、食中毒っていったい何食べたの？」

「多分あたったのは生食禁止のハマグリ。出張海鮮バーベキューでテンション上がって、焼けてそうなの片っ端から食べてさあ。そんなかに、ちょっと食感違ったハマグリがあったんだよね」

「……貝はどうしてもあたりやすいから、そういうところで食べる場合は焼きすぎるぐらいじゃないと……」

「うん、それはあんとき思い知ったさ、思い知ったとも……」

澪に注意され、死んだ目でそう言い切る木乃香。

単位履修の件といい海鮮バーベキューといい、どうにも彼女は迂闊なところがあるようだ。

悪いことに、ビジュアル的にはちょうど真琴と佳代子の中間といった感じで、一見してしっかりした姐御《あねご》風の女性なので、そんなところがあるとは思えないのがとても性質《たち》が悪い。

しっかり自立した女性に見える影響でそういうところで誰も注意してくれず、ちょくちょくやらかしては痛い目を見るのが宮城木乃香という人物なのだ。

補足になるが、勘違いされがちな貝の生食だが、生で食べていいかどうかはどこで育ったものかで決まるのであって、鮮度の問題ではない。

生食可の貝は鮮度が落ちると生で食べられなくなるが、生食不可の貝は鮮度に関係なく毒や食中毒の原因菌を持っているため、絶対に生で食べてはいけないので要注意である。

「それで、今回はみおちんを参加させるんだっけ？」

「ええ。だから、売り場は全年齢向けの一次創作になるわ」

「だってさ。つまり、肌色面積が広かったり本番やってたりはNLもBL、GLも関係なくアウト、人気作品のパロディもNGっつうことで、健全にいこーぜー」

「いくら澪がNLの十八禁ものに寛容というより興味津々で大好物でも、さすがに十七の娘《こ》にそんなものを売らせるのは人として駄目駄目だからね。場合によっては手が後ろに回るってことも踏まえて作品作ること」

今回の委託条件について、佳代子と真琴が説明する。

ゾーニングの関係上、十八禁ものがアウトなのは当然として、実のところ二次創作厳禁はそれほど厳密に守られてはいない。

というのも、最初から一貫して一次創作のみというサークルはそんなに多くなく、大部分は二次創作から入ってオリジナル作品を手掛けるという流れで来ているからだ。

その関係上、既刊の作品に二次創作が含まれるサークルでは、新刊のオリジナル作品と一緒に過去の在庫をついでに並べているケースはさほど珍しくない。

もっとも、そもそも有志で育ててきたイベントである都合上、一般向けと十八禁の隔離はともかく、一次創作と二次創作のゾーニングはそこまで厳密に行われているわけでもないのだが。

「さすがに十八禁やるのは無理！」

「非合法ロリ巨乳にエロ本売らせるとか、それどんな罰ゲーム!?」

「買う側も気まずいでござるよ！」

佳代子と真琴の釘刺しに対し、主に二年と三年の男子から抗議の声が上がる。

その内容からするに、澪に十八禁同人誌を売らせて興奮するような手遅れな連中はいないようだ。

なお、真琴の説明から分かるように、ここでは澪のエロコンテンツ好きは特に隠していない。

中学時代と違ってそれで性的な方向に暴走するような人間はいない、というよりそんな度胸のある男子はこんなところにいないというのもあるが、大学デビューでもない限りこの年までこの手の趣味を続けていれば、自然と澪の趣味ぐらい見抜けてしまうというのもある。

とはいえ、売らせたり性的な意味で手を出したりする度胸はないが、自作の肌色面積が多い本やゲームを澪に見せること自体は割と平気だったりする。

一応最初はためらいも羞恥心もあったが、澪の押しに負けた結果慣れてしまったのだ。

なので、守備範囲外のBL系以外はどぎつい十八禁ものでも、男女関係なく平気で澪に見せては論評してもらうようになっている。

むしろ、未成年の美少女である澪に自身の性癖マシマシのエロ作品を見せることより、その結果酷評を受けまくるほうが、ダメージがでかいのが現状だったりする。

「で、うちに委託できる本って、どれだけあるの？」

「あーしは夏に間に合わなかったのが完成するから、一冊委託できるさね」

「うちはそろそろオリジナルのほうの総集編やりたいなって思うんだけど、それ委託していい？」

「俺も新刊と設定資料集委託したい」

「あとは二年と三年の合同かね？　今年の一年は、本完成させられるほどの逸材はいなかったし」

「らじゃらじゃ。ミーコのとこのが総集編だったら、やっぱ三話か四話まとめて一冊にしたほうがいいわねえ」

「ん。目指せ、総集編より分厚い新規オリジナル本」

「「「やめて」」」

澪の一言に、思わず真顔で制止する委託予定の佳代子、木乃香、悠馬。

単話で出した本をまとめて総集編にすること自体は恥ずかしくもなんともないが、さすがに同じブースでもっと分厚い新作と並べられるのは心が痛い。

「今から描いて総集編より分厚いページ数を稼ぐのはさすがに無理だと思うわよ」

「真琴姉の場合、四話ぐらいまとめたものを総集編とか言ってる奴になら勝てる」

「そうかもしれないけど、その四話ってのが四十八ページ四本だったら、さすがにそれ以上のボリュームは無理よ？」

「大丈夫。ここのサークルに、一話を四十八ページもかけて描く人間はいない」

「みおちん、みおちん……。そろそろちょっと手加減をですね……」

「別に、一話の分量が多いのが正義じゃない」

「いや、そういうことじゃなくて……」

相変わらず、加減を知らずにバサバサ切り捨てていく澪に対し、息も絶え絶えになりながらそう突っ込みを入れる佳代子。

今回は新刊より設定資料集のほうが分厚くなっている悠馬などは、瀕死《ひんし》の重症だ。

「このまま話続けてると無制限に被害が広がりそうだから今更の話するけど、真琴のサークル名の〝イーストラボ広報部〟って何よ？」

これ以上はいけないと判断した木乃香が、今更すぎると思いながら強引に真琴のサークル名に話題を捻《ね》じ曲げる。

それに苦笑しながら、真琴が素直に答える。

「漫画家としてこけた場合、宏と春菜に雇ってもらう予定なのよ。だから、サークル名もあやかったうえであえてダサく調整してつけたのよ」

「へ～？　てか、東《あずま》君と藤堂さんってことは、ほとんど社員を雇わないことで有名な謎の工房に入社する？」

「そうなるわね。実のところ、とっくにあそこの仕事してるっちゃしてるんだけど」

「っていうと？」

「たとえば、工房のロゴマークとか道の駅に卸してる野菜のマスコットとか、潮見《しおみ》メロンのマスコットキャラクターなんかはあたしのデザイン」

「えっ!?　そうなの!?」

「実はそうなのよ」

真琴の口から出た思ったよりデカい仕事に、思わず叫んでしまう木乃香。

春菜達が道の駅に卸している野菜のマスコットはまだしも、潮見メロンの公式キャラクターは今や全国区である。

時折行われるイベントでは着ぐるみが愛想を振りまいているが、そのデザインを真琴がやっていたというのは驚きでしかない。

「なあ、真琴さん……。もしかして、他にもやってる仕事ある……？」

「ちょっとマイナーだけど、アズマ工房のページに定期的に四コマを掲載してるわね。あの二人がやらかすたびに、一般人に理解できるように臨時で描かされるから結構大変なのよね」

「……マジだ……。マジで掲載されてる……」

「そんな大層なものでもないわよ。実際、あんた達も知らなかったわけだし」

なぜかすさまじくショックを受けている悠馬に対し、苦笑しながらそう突っ込む真琴。

実際、ロゴや各種デザインはともかく、四コマ漫画は原稿料としては大したものではなく、ちょっとおしゃれなランチでも食べれば消える程度だ。

これをすごいと言われても、真琴が苦笑するのも当然であろう。

しかし、悠馬からすれば、いや、悠馬以外の部員からしても、衝撃を受けざるを得ない話である。

なにしろ、その程度ではあり、しかも身内から受けた仕事だとはいえ、漫画で継続して収入があるということはすでにプロとして活動していると言えなくもないからだ。

今後そのレベルに至れそうなのは、漫研の中ではせいぜい佳代子と木乃香、ものすごくがんばれば悠馬がいけるかもしれない、という程度。

後輩達はまだ可能性を論じる以前のレベルだ。

趣味レベルではともかくそれなりに本気で打ち込んでいるのであれば、これで衝撃を受けないようでは先はない。

「サークル名で思い出した。真琴姉、昔のサークルはどうするの？」

「そんなの、とっくに解散して完全に縁が切れてるわ。ぶっちゃけ、今じゃお互いの連絡先も分かんないわね」

「そう？」

「ええ。あの件でダメージ受けたの、あたしだけじゃないし。風の噂《うわさ》では、一人は完全に足洗って漫画すら手に取れなくなってるって聞いたわねえ」

「……ヤリチン男、許すまじ……」

「そういうこと言わないの」

澪のビジュアルで口にしてほしくないような単語を聞き、真顔で窘《たしな》めてしまう真琴。

いい加減、澪がエロネタ下ネタを口にするのは慣れているが、それでもこの手の罵詈雑言《ばりぞうごん》はあまり聞きたくないのだ。

「まあ、そういうわけだから、今回は生存報告も兼ねた感じになるわね」

「了解。がんばろう」

「それなりに当てにしてるわよ、澪」

「ん、がんばる」

真琴に言われて、両手を胸の前で握りながら気合を入れる澪。

その様子を見ながら、最近ではずいぶん表情が分かりやすくなったなあと、妙な感慨にふける真琴。

分かりやすくなったといってもまだまだ大多数の人間には無表情に見えるのだが、ひと月も付き合いがあればはっきり分かるぐらいには表情が豊かになっている。

「じゃ、各自作業開始。あたしはどんどんラフ描いていくから、思ったことがあったらちゃんと言ってね」

そう宣言し、作業に入る真琴。

この日は大層筆が乗ったようで、六話分ほどのラフを仕上げて佳代子達を震撼《しんかん》させる真琴であった。

☆

「これが、同人誌即売会……」

「久しぶりに来たけど、やっぱ夏と冬は規模が違うわねえ」

年末、即売会当日早朝。

すごい人数がブース設営しているのに飲まれて呆然《ぼうぜん》と呟《つぶや》く澪の横で、真琴が自分達の場所を探しながら懐かしそうに言う。

まだ始発からそれほど経っていない時間帯だというのに、だだっ広い会場はすでに雑然とした雰囲気を漂わせていた。

「……あたし達のブースは、あそこか。さっさと設営済ませてあいさつ回りしなきゃね」

「……ん」

自分のブースを見つけた真琴が、澪を促して移動する。

真琴についていきながら、それとなく設営途中の各ブースを観察する澪。

単にサークル名と本の値段だけしか出していないブースから、手描きのポップで可愛《かわい》らしく飾っているブース、やたら目を引く謎の置物を机の上に置いているブースや小さめのジオラマを展示しているブースまで、多種多様なブースが目に飛び込んでくる。

「……すごくカオス」

「まあ、法律とか公序良俗に反しない限りは、施設の使用ルールと与えられたスペースおよび常識の許す範囲なら何やってもいいものねえ。そりゃ、よく分からない空間になるわよ」

「なるほど……」

真琴の説明に、そりゃそうかと納得する澪。

特に真琴のブースがある一般向け一次創作に関しては、原作というものがないためどうしてもいろいろなジャンルが入り混じる。

主催者側もある程度は配慮しているのだが、参加するサークルの数が数なので、少女漫画にハードSFが挟まれる、みたいな状況を完璧に避けることは難しい。

さらに言えば、サークルそのものが複数のジャンルの新刊を出していたり、別ジャンルの委託本を引き受けていたりということもよくある。

そのうえで各々《おのおの》が両隣や通行の邪魔にならない範囲で好き放題飾り立てるのだから、それはそれはカオスな空間が出来上がる。

むしろ、これだけジャンルがごちゃ混ぜになったうえで好き勝手に飾り立てておきながら、ある程度の秩序と平和が保たれているところが実に日本的な光景だと言えなくもない。

「全体的に、展示のクオリティは微妙……」

「あんまりそういうこと言わないの。っていうか、大多数はそっち方面については素人なんだから、企業ブースとかに比べればクオリティ落ちるのは当然よ？」

「ん、言われてみれば……」

「そもそもこのイベントは自費出版した本とかゲームと、その関連の自作グッズを売り買いするフリーマーケットなのよ。普通のフリマと同じようなものなんだし、大多数の展示が商売のプロから見ればなってないのは当たり前の話じゃない」

「あっ……」

真琴に言われて、当たり前の視点が欠けていたことに気づかされる澪。

そもそも、同人誌即売会というのは素人が自費出版した本を売り買いする場だ。

二十一世紀に入る頃にはパソコンとCD－Rのような大容量メディアの普及および低価格化が進み、個人でもそれなり以上のクオリティのゲームを開発・頒布できるようになったため同人ゲームも扱うようになったが、売り物が増えただけで素人が自作のものを売っているという点は変わらない。

その条件で全員がプロクオリティの販売ブースを作り上げるなど、運営にその筋の企業が関わっていて一から十まで指導でもしない限りありえない。

「それにね、このカオス感こそが、即売会の醍醐《だいごみ》味で風情ってものよ」

「……すごく納得」

真琴の言葉にどこかすっきりした様子を見せる澪。

その後は特に余計なことを言わず、自分達のブースまで移動する。

「両隣は今不在みたいね。佳代子は遅れるらしいから、先にあたし達のを準備しちゃいましょっか」

「ん」

あいさつ回りにでも行っているのか、両隣のブースはある程度準備が終わった状態で無人になっている。

それを見て、まずは自分達の準備を進めることにする真琴と澪。

委託されている本も結構あるため、なかなかの重労働だ。

すでに搬入されている本の梱包《こんぽう》を解き、まずは自分達の新刊を並べていく。

新刊の配置に合わせて、澪が持ち込みのポップやアクリルスタンドを並べていく。

自分達の本が終わり、委託の本に手をつけたところで、今思い出したという感じで真琴が口を開く。

「あっと、そういや見本誌提出しなきゃだったっけ」

「見本誌？」

「頒布しちゃって大丈夫かどうか、運営がチェックするための本よ」

「……この数を？」

「この数を。まあ、パラパラッとチェックする程度で、見て分かるレベルでゾーニング無視してるとか反社会的な内容だとか、あと黙認できるレベルを超えて著作権に喧嘩売ってるとかじゃなきゃ大体ＯＫね」

「なるほど」

「まあ、あたしとあんたのは、事前に電子ファイルで提出してOKもらってるからいいのよ。ミーコのも総集編だから早めに提出終わっててチェック済み。部員合同誌は期限ギリギリで提出が間に合ったからよし。問題は、佳代子と悠馬の本ね……」

そう言いながら、微妙な表情でギリギリ間に合った佳代子と悠馬の本を見る真琴と澪。

こういうケースや前日に思い立って完成させたコピー本を追加で売るパターンもあり、電子申請が主流になっている今でも当日に現物を見せてOKをもらうサークルはとても多い。

真琴達に関してもある意味予想どおりだが、一番描いたページ数が多かったはずの真琴の本が、締切より大幅に早い段階で余裕をもって完成していた。

佳代子はペン入れまでは順調だったのだが、卒論に重大なミスが発覚して大幅に書き直しとなりギリギリまでずれ込んだ。

悠馬に至っては、澪のダメ出しの嵐により全ボツになり、突貫工事で強引に仕上げたためところどころ下絵のままのコマがあり、内容はともかく漫画としてはとてもクオリティが低い状態で発行している。

こういうのも同人誌の醍醐味だと真琴は笑っていたが、これでほぼ印刷代実費とはいえ金をとるのかと澪的には釈然としないものを抱えている。

真琴がちらりと触れた澪の本については、アシスタントをしなくても時間に余裕ができそうだからと、手隙《てすき》の漫研部員一同の指導のもと一冊作ったのだ。

とはいえ、絵は描けるが設定やストーリーを作る能力やコマ割りを決める能力のない澪では、普通の同人誌は無理だ。

なので、宏と春菜に許可を取り、自作の調味料のレシピを見開き一種で十種類、計二十ページ分掲載したレシピ本を作ったのだ。

掲載されている調味料はクレイジーソルトとドレッシングがメインだが、一部市販の特定銘柄の調味料を魔改造するレシピも含まれていて、それぞれにどんな料理にどのくらいの量を使うといいかという使用例も記載されている。

恐らくこのレシピ本、一番価値があるのはその使用例だろう。

こういった本も出せるのが、同人誌即売会のよさの一つである。

「向こうから来るのを待つってのもどうかと思うけど、澪を一人でここに置いていくのも不安なのよねえ……」

「……ん。ボクも不安……」

「その不安、あーしが解決してあげよう」

見本誌の提出をどうしようと話し合っているところに、今到着したらしい佳代子が声をかけてくる。

「そっか、ちょうどよかったわ。悪いけど、荷物置いたら自分のと悠馬の分、見本誌提出してきてくれる？」

「まこっちんが微妙に塩対応！」

「初日から参加で前乗りしてるのに、あたし達より来るのが遅い娘にばらまく愛想はないわねえ」

「ごめんなさい」

真琴の塩対応の理由に、素直に謝るしかない佳代子。

遅刻というほどでもないが設営がそこそこ進んだところでの到着となれば、塩対応されても仕方がない。

しかも遅くなった理由が単に朝のんびりしすぎたからというのだから、弁明の余地はない。

「じゃあ、パパッと行ってくるわ」

そう言って、自分の新刊を一冊と悠馬の新刊および設定資料集を一冊ずつ手に取り、運営本部へ向かう佳代子。

佳代子の姿が見えなくなったところで、入れ違いに右隣のブースの人が戻ってくる。

隣のサークルは、男性一人に女性二人の組み合わせだった。

「あっ、おはようございます。〝イーストラボ〟主催のマコッチです。今日は一日、よろしくお願いします」

「サークル〝みずたまり〟の葵《あおい》です。こちらこそ、よろしくお願いします」

日本人的な感じで頭を下げ合いながら、お互いの本を交換し合う真琴と隣のブースの代表者らしい女性。

言うまでもないかもしれないが、マコッチとは真琴のペンネームだ。

残りの二人は、なぜこんなところにこんな幼い美少女が、という驚きを隠さずに澪を見ている。

「実はこの娘、今日が即売会デビューなの。未経験なうえ、結構人見知りが激しいから、いろいろ迷惑かけるかもしれないけど、温かく見守ってあげてください」

「は～……。親戚か何かですか？」

「いえいえ。普通にネトゲで知り合った年下の親友。見た目はこうだけどもう高二だし中身はかなり特濃のオタクだから、そんなに気を使わなくていいですよ」

「……ん。〝イーストラボ〟のミオンです。よろしくお願いします」

真琴の紹介に合わせて、ペンネームを名乗りながら小さく頭を下げる澪。

この三人、小ざっぱりした清潔感のある格好ではあるが、いわゆる陽キャというタイプではない。

さらに言えば、こんなイベントにサークル参加していることやちらりと見えた同人誌の内容も踏まえれば、間違いなく中身的な意味で澪の側の人間ではある。

が、陽キャ方面ではないとはいえリア充的なオーラが漂っているせいで、どうにも人見知りが強めに出てしまう澪。

そんな澪の様子に妙な感動を覚えたらしく、隣のサークルのメンバーが完全に動きを止める。

この時に口を開いていればいろいろアウトな発言が飛び出していたであろうから、硬直していたのは彼女達にとって幸運だったと言わざるを得ない。

それを見た真琴が、助け舟を兼ねて口を挟む。

「因みにこの娘が用意したのがこの本。せっかくのサークル参加だからってことで一冊作らせたんですよ」

「へえ？　『イーストラボのおすすめ簡単調味料』？」

「あっ、漫画じゃないんだ」

「なになに？　コンビニのハンバーグやパスタ類の味変にお勧め？　マジで⁉」

澪の本をパラパラめくり、使用例に沸くお隣のサークル。

味の良し悪しに関係なく飽きやすいのは、外食や出来合いの料理の宿命である。

特に工場やセントラルキッチンで大量生産するコンビニやファミレスは、常に味が均一になることや味付けにおける化学調味料の割合が高くなりがちな関係で、個人が作っている飲食店や惣菜《そうざい》店のものよりどうしても飽きがきやすい。

しかし、時間帯によっては選択の余地がなかったりするとはいえ、平常時は常になにがしかの弁当類が手に入るコンビニは、不規則な生活になりやすい漫画家、それも締切に追われて修羅場になっているときには心強い味方でもある。

ファミレスにしても二十四時間営業の店舗こそ少ないものの、普通の飲食店が営業を終えている時間帯でもちゃんとした食事ができるというのは間違いなくありがたい要素だ。

また、コンビニにせよファミレスにせよ、日本全国どこで食べても同じチェーンなら同じ味というのは、不慣れな土地に引っ越したときなどにはある種の心強さがある。

結局、利便性と引き換えでの飽きやすさを、消費者が文句を言いながらも受け入れている、ということである。

無論、飽きやすくなる要素が揃《そろ》っているというだけで、味自体はそれなりに美味《おい》しいからこそ割り切って買っているのは間違いなく、そこはコンビニチェーンやファミレス各社の努力のたまものである。

だが、それはそれとして、飽きるものは飽きるので、調味料の持ち込みがはばかられるファミレスはともかく、自宅や作業場で食べるコンビニ弁当は美味しく味変できるならそのほうがいい。

なお、今回の場合、ファミレスには丼チェーンなども含まれる。

「ミオンちゃんは料理が得意なんですか？」

「年下なので、ため口で大丈夫。特別に得意っていうほどじゃないけど、自分で味付けアレンジしたり在り合わせで料理作ったりはできます」

「それ、一般的にはすごく得意の分類に入ると思うんだけど……」

澪の言い分に、思わず己が身を振り返って悲しくなりながらそう突っ込む葵。

レシピどおりに作るからメシマズでこそないが、葵は正直なところ、カレーぐらいしか作れない。

今日一緒に来ている他の二人も似たようなもので、到底料理ができるとは言えない。

そんな身の上からすれば、味付けのアレンジができる時点で、自慢していいくらいには料理が得意だと主張してほしい。

「えっと、マコッチさんも料理は得意なんですか？」

「あっ、あたしもため口でいいですよ」

「そうですか。じゃあ、こっちもため口でお願い。ミオンちゃんも」

「了解。で、料理なんだけど、今下宿してるところに引っ越してからは、ミオンの師匠に当たる人に教えてもらって一通りできるようにはなったわね。とはいっても、レシピどおりに作ってちょっと調整するぐらいしかできないし、あり合わせで一品なんてどうがんばっても無理だけど」

葵に聞かれて、正直に答える真琴。

フェアクロ世界で鯛焼《たいや》きを焼き続けた結果、料理スキルが結構育っていたこともあり、今では普通に料理ができるという程度の技量は身につけているが、肉じゃがや筑前煮《ちくぜんに》風の煮物くらいならレシピなどなくても作れるものの、完全にありあわせの材料で一品それっぽく作るのは無理だ。

そのあたりは技量ではなく経験と発想の問題なので、藤堂家に下宿している間はあまり料理の機会がなく向上するのは難しいだろう。

「でもまあ、少々料理できたところで、修羅場ったらそんな余裕吹っ飛んでコンビニ頼りになってくるんだけどね」

「あ〜、やっぱりそっちもそんな感じ？　っていっても、うちのサークルでカレー以外をちゃんと作れる面子《メンツ》はいないから、修羅場ってなくても割とコンビニ弁当とかスーパーの総菜盛り合わせとかでごまかしてるけど」

「まだ、コンビニ弁当食べられるうちはましなほう。ボクはその状況で最後まで付き合ったことないけど、残り四十八時間でペン入れ終わってない原稿完成させなきゃって状況の時は……」

「まあ、さすがに未成年のあんたに、そういう状況に付き合わせるのはまずいしねえ」

「でも、マコッチ姉は原稿でそういう状況になったことないのに、毎回付き合って尻拭《しりぬぐ》いしてる」

「しなくていいんだったら、しないんだけどねえ。こっちも手伝ってもらってはいるから、どうにもねえ」

そんな話をしていると、戻ってきたらしい反対側の隣のブースの女性が、真琴を見て呆然と立ちすくむ。

「……もしかして、やっぱりまこっさん？」

「……えっ？　まさか、よっしー？」

見覚えがあるお隣さんに、同じように呆然と呟く真琴。

それを見ていた澪が、ピンときた様子で質問する。

「マコッチ姉、この人もしかして？」

「……勘違いじゃなかったら、前の大学の時に一緒にサークル組んでた娘」

「……やっぱりまこっさんなんだ……」

「……うん。ごめんね、よっしー。巻き込んだ挙句にいきなり引きこもって連絡断っちゃって」

「こっちも悪乗りして原案とストーリー作ったんだから、巻き込まれたってわけじゃなくて自業自得。原稿流出したのも、多分私のパソコンからだし。ただ、それでもいきなり引きこもって音信不通はひどいよ」

「本当にごめん……」

よっしーに対し、心の底から頭を下げる真琴。

自分と同じ境遇に追い込まれた仲間に対して、とても義理を欠いた行いだったのは間違いない。

そんな二人を横で見ていた葵が、澪に対して小声で質問する。

「なんかマコッチさんが昔やらかしたみたいだけど、何があったか聞いていいやつ？」

「関係者の名誉のために、ボクの口からは詳しいことは言えない。ただ、マコッチ姉が一番悪いのはそうなんだけど、被害を受けた相手のやり口も悪質で、そこまでやるかみたいなことをやってきたのも事実」

「……ああ、うん。深くは聞かない」

澪の口から出た、それはそれは闇の深そうな情報に、好奇心を抑えることを決意する葵。

どう考えても、興味本位で首を突っ込んでいい類《たぐい》のエピソードではなさそうだ。

「ただいま〜、って、なんか空気が重いねえ」

「……むう、佳代姉はタイミングがいいのか悪いのか分かんない……」

そんな対応に困る空気の中、見本誌の提出に行っていた佳代子が帰ってくる。

「どうやらお隣さんらしいんだけど、なんぞあったのかね？」

「今あったわけじゃなくて、昔のやらかしの関係者ね」

「ああ、例のあれ？　ってことは、その人まこっちんの昔のサークル仲間とか？」

「そそ。あたしと組んでた頃のペンネームはよっしー・Mだったけど、今は？」

「自戒も込めて、変えてない」

「なるほどなるほど。まこっちんが所属してる海南《かいなん》大学漫画研究部の部長で、サークル『ダイナミック失礼します』の正木佳代子っす。面倒なので、ペンネームは本名そのまんま使ってるっす。今回は委託本の販売を兼ねて手伝いで参加してるっす」

空気を読んだのか読まないのか、とりあえずちょっとおどけた感じで自己紹介をする佳代子。

その結果か、ほんの少し場の空気が軽くなる。

「サークル『遠恋邸《えんれんてい》』のよっしー・Mです」

「サークル『みずたまり』の葵です。今日は一日、よろしくお願いします」

佳代子の自己紹介に合わせて、よっしーと葵もお互いに自己紹介をする。

その流れで、よっしーが真琴の本に書かれていたサークル名に言及する。

「そういや、まこっさんはペンネームもサークル名も変えたんだ？」

「変えたというか、ペンネームのほうは佳代子にまこっちんまこっちんって呼ばれてるうちに、なんとなく自然とそうなっちゃった感じじゃね。サークル名は、今の立場をそのままってところ」

「あーしがね、いつまでも前のこと引っ張んなくてもいいんじゃね？　って強引に変えさせたのさ。

言っちゃあなんだけど、こんだけ制裁受けたんだから、あとはおんなじこと繰り返さなきゃいいだけの話だし」

「そっか。ちゃんと立ち直れたんだ……」

「ごめんね、碌《ろく》に連絡とらないどころか、連絡先そのものをなくしちゃって」

「こっちも、諦めて連絡先送らずアドレス帳消しちゃったから、そのあたりはお互い様かな」

真琴の態度に、どことなくほっとした様子を見せるよっしー。

事件の内容が内容だけに、やはり心残りのようなものはあったのだろう。

「そういや、これはお互い様の話なんだけどさ。このブースってことは、まこっさんは足洗ったの？」

「完全には洗えてないわねえ。今回は未成年の娘を連れてくる関係上、あんまり性癖さらす関係のはやれなかっただけだし」

「ああ、そっちのすごい美人の娘ね。いくら配慮してるっていっても、中学生ぐらいの子供をこんなところに連れてくるのはどうなの？」

「むう、ボクはこれでも高校二年……」

「えっ!?」

澪の年を聞いて、本気で驚くよっしー。

胸の大きさで中学生とは言ったが、実のところ発育の良い小学五年生か六年生だと思っていたのだ。

今どきの子供は発育がいいので、日本人でもそれぐらいの年齢でEだのFだのという女の子は結構いるのである。

「やっぱり言わなきゃ間違えるわよねえ……」

「……むう、もっと身長、身長が欲しい……」

「仮にあと十センチ高くても、高校生だと思ってもらえる気がしないのはなぜかしらね……」

お約束のように子供に見られることについて、そんな漫才を繰り広げる真琴と澪。

今どきの小学校高学年や中学生の発育がいいのは第二次性徴方面だけではないので、たとえ身長が百六十センチ以上あっても義務教育中の年代に間違われる人間は結構いるものである。

このタイプの人物は年齢が隠せなくなり始める四十代頃まで、やたら若く、場合によっては幼く見られるものだ。

恐らく澪もそういう感じなのだが、彼女の場合二十歳を過ぎると肉体の老化は止まる。

つまり、外見的な面において子供に見られる原因が、自然に解決することはないのである。

そうなると、雰囲気をどうにかするしかないのだが、澪の性格的に真琴が生きている間に変化するとは思えない。

結局、澪はずっとそういうキャラでいくことになりそうだ。

「ねえねえ、まこっちん。話ずれてるんじゃね？」

「おおっと。まあ、そういうわけだから、足を洗えてはいないけど、割合はかなり減ってるわねえ」

「そうなんだ。こっちはもう、怖くて手を出せなくなったから、完全に一般向けＮＬに逃げた」

「別にいいんじゃない？　あの時は調子に乗って忘れてたけど、本来そんなに大手を振って大っぴらに楽しんでいい種類の趣味でもないんだし」

「マコッチ姉みたいに無意識に掛け算するレベルの人は、変に我慢するより生ものに手を出さないよう架空のカップルを作って衝動を抑えるほうが建設的で安全」

真琴の現状を端的に説明した澪の言葉に、そういうことかと納得するよっしー。

横で聞いていた葵達もなんとなく経緯を察したようで、余計なことを言わないようにと目配せをしあっている。

なお、こういう場所に来る人材だからか、真琴とよっしーが現役および元腐女子であることを察しても、なんとも思っていないようだ。

そこに、さらに佳代子が補足を入れる。

「まこっちんはうちの大学に入るまで、同人活動もやってなかったみたいだしねえ。本格的に再開したのが漫研に参加した去年の春休み頃だっけ？」

「そそ。因みに、引きこもりを脱するきっかけになったのが、ミオン達でね。逃避先にしてた『フェアクロ』で知り合ったのよ」

「ああ、そういうつながり。まこっさん、引きこもりなのにどうやってって思ってた」

「で、引きこもりを脱する一番のきっかけになった二人が海南大学に行くっていうから、一念発起して猛勉強の末、一緒に入学したってわけ」

「「「……それはすごい……」」」

真琴のこれまでの経緯に、よっしーだけでなく一緒になって聞いていたサークルみずたまりの三人も、思わず声を合わせて感心の声を上げてしまう。

な大学ではない。

海南大学はたとえ比較的難易度が低い文系学部でも、一念発起して猛勉強程度で入れるほど簡単

「よっしーのほうはどんな感じ？」

「さすがに居づらいから地元は離れた。ちょっとしたコネで雑貨関係の企業に事務員として雇ってもらってね、そこで働きながら活動してる感じ。そういえば、サークルみずたまりの皆さんは、同人活動以外は普段どんなことを？」

「代表の私は一応社会人やってます。こっちの二人は何気に院生」

「へ～」

結構ディープな事情も話してしまったことで、せっかくだからとサークルみずたまりのメンバーにも普段どうしているのか振る。

その流れで、お互いのブースの準備を手伝ったり途中であいさつ回りに出たりしながら、普段の生活や趣味嗜好《しこう》について晒《さら》しあう。

「でもまあ、お互いに立ち直れたっぽいから、良しとしましょう」

「ええ」

「あとは菜緒《なお》がどうしてるのかだけど、よっしーは知ってる？」

「就職したことぐらいしか知らないの。最後会ったときは漫画自体読めなくなって、一般的な娯楽はまともに触れなくなってたけど……」

「そこまで……」

「なんでか、菜緒に一番攻撃が行ってたから……」

この場にいない最後の一人の消息に、思わずため息を漏らす真琴。

ここまでやられなければちゃんと反省してなかった気はするが、ちょっと魔がさしてやらかしたことの代償はつくづく重かった。

そんなことを思っていると、開場のアナウンスが入る。

「始まったみたいね」

「まあ、ここらは入口からも遠い山ほどある島の一つだし、しばらくはのんびりさね」

「そうね。ミオンも今のうちに気になるところとかあったら見てきていいわよ」

「ん」

一応接客モードに切り替えながら、そんなのんびりしたことを言う真琴と佳代子、澪。

その予想を裏切るように、澪が立ち去る前に最初の客が訪れる。

「マコッチ先生、活動再開おめでとうございます」

イーストラボ広報部のブースを訪れた最初の客は、黒服の男二人を連れた楚々《そそ》としたお嬢様風の女性であった。

「……あっ、もしかして昔いつも一番に来ては大人買いしてくれてた!?」

「まあ、覚えてくださったのですね？」

「あの頃と雰囲気が違ったから、一目では分かりませんでしたけどね。一応毎回顔を出してくれてた人は覚えてますよ」

「あの頃は周囲から浮かないように普段と違う格好で、家の者に見つからないようこっそりと参加していましたので……」

お嬢様の言葉に、後ろの黒服が苦い顔をする。

どうやら、お嬢様のオタ活をよくは思っていないようだ。

「失礼な顔をしないの。そんなのだから、私が隠れて参加しなきゃいけなかったのよ？」

「最初から、来るなとは誰も申しておりません。我々はあくまで、一人で行動するなと申したいのです」

「でも、あなた達、とっても嵩張《かさば》るうえにこの場においては割と失礼な態度なのですもの。連れ歩く側としてはどうしても気が引けてしまうわ」

そんなことを言いながら、手慣れた動きで流れるように新刊をすべて手に取り、驚くことにおつりが出ないようきっちり小銭を揃えて支払いを済ますお嬢様。

そのまま両隣のブースの新刊もチェックし、気になったものだけを手に取ってスマートに支払いを済ませる。

上品で楚々とした物腰とは裏腹に、彼女は間違いなくこの戦場において歴戦のつわものであった。

「お嬢様、我々がお持ちします」

「こういうのは、自分で持ち歩くこと自体が醍醐味なのよ？」

「ですが……」

割と主張が強いお嬢様の態度に、どうしたものかと険しい表情を浮かべる黒服。

それを見かねた澪が、仲裁するように口を挟む。

「ん。お嬢様の言い分は、即売会初体験のボクにも肌で感じられる」

「ですわよね？」

「ん。でも、これだけ嵩張るガタイのいいお付きを連れてるんだから、多少は荷物を持たせないとかえって見た目の邪魔さ加減が増幅される」

「……その視点はありませんでしたわ」

澪の仲裁するにしては失礼極まりない言い分に、目から鱗《うろこ》とばかりに感心して頷《うなず》くお嬢様。

自分達の主張が認められそうではあるが、その理由と言い方に釈然としないものを感じ、思わず顔をゆがめそうになる黒服達。

そこに、澪から謝罪するような視線が飛ぶ。

その視線により、お嬢様の手前わざとそういう言い方をしたのだと察する黒服達。

それと同時に、恐らく参加者達のオブラートに包まない本音も似たようなものだと察してしまう。

「この場においては、我々のほうが完全な異物か……」

「今頃気がついたのですか？」

「気持ちは分かるけど、さすがにちょっと言いすぎじゃないかしら？」

「あら、失礼しました」

さすがにこれ以上はどうかと思った真琴が、苦笑しながら一応釘を刺す。

真琴に釘を刺され、恐縮したように頭を下げるお嬢様。

「さて、あまり長居するのもお邪魔になりますし、そろそろ他の本を見てきますね」

「はい。ずっと応援してくれて、ありがとう」

「いいえ。こちらこそ、過去を乗り越えて再び筆を取ってくださったこと、心から感謝いたします」

そう言って、宝物を抱くかのように真琴の新刊を胸に抱きしめるお嬢様。

そのまま立ち去ろうとして、何かを思い出したように振り返る。

「そうそう。マコッチ先生、よっしー先生。一緒に活動されていた菜緒先生ですが、私の家で住み込みの従業員として働いていただいています。最近では普通にイラストを描ける程度には立ち直っておられますのでご安心ください」

「『へっ？』」

「あと、どう考えても度を越した報復を行った愚か者達ですが、よっしー先生のパソコンへの不正アクセスをはじめいろいろと犯罪行為が出てきたため、現在刑事訴訟中です」

「それは初耳というか、そんなことになってるの!?」

「ええ。マコッチ先生やよっしー先生がなされたことは同好の士としても庇《かば》いきれない行為ではありますが、それとこれとはまた別の問題ですので」

そう言って、今度こそ立ち去るお嬢様。

その颯爽《さっそう》とした姿を、思わず呆然と見送る真琴達。

「……なんかおかしいとは思ったけど、あいつらそんなこともしてたのね……」

「……ん。マコッチ姉達にやったことを考えると、不同意性交とかも普通に出てきてそう……」

お嬢様が最後に落としていった爆弾をどうにか処理し、そんなことを呟く真琴と澪。

かつて達也も若干言及していたが、もともと原稿の流出から真琴達が引きこもりや自主退学にまで追い込まれる流れに不自然なところが多かった。

なので、裏で犯罪行為が行われていたとしても、さほど不思議な話ではない。

なぜそれをあのお嬢様が追及しているのかはともかく、聞かされた内容自体はさもありなんといったところである。

「にしても、マコッチ姉」

「なによ？」

「あの人、多分マコッチ姉より年下」

「……そうね」

「マコッチ姉が以前活動してた頃だと、恐らく高校生ぐらいか、下手したら中学生の可能性も」

「……あるわね」

「その頃のマコッチ姉って、十八禁ＢＬ本じゃなかった？」

「「そこ突っ込まないで……」」

澪の追及に、考えたくないと二人揃って拒絶反応を示す真琴とよっしー。

ゾーニングされているとはいえ出入りをきっちり制限しているわけではないので、澪のようにあからさまに未成年という容姿をしていない限り、十八歳未満が十八禁の本を買うことは防ぎようがない。

先ほどのお嬢様は当時変装をしていたうえに姿勢やら立ち居振る舞いやらが大人びて見えるタイプであったことも考えると、当時の真琴達に見抜けというのも酷な話であろう。

が、それはそれとして、楚々とした上品なお嬢様がハードな十八禁ＢＬ本を買いあさっていたという事実と、その片棒を担いでいたどころか下手をすると腐海に引きずり込んだ元凶が自分達だった可能性がある点は、なかなか心にダメージが大きい。

「まっ、さすがにあんな明後日《あさって》の方向に濃い人ばっかがまこっちんのファンってわけじゃなかろうから、この後はそれなりに平穏なんじゃね？」

「佳代姉、それフラグ……」

佳代子の能天気な台詞《せりふ》に、ジト目でそう突っ込みを入れる澪。

澪が危惧したとおり、佳代子の発言はもろにフラグとして成立していたようで、外国人のセレブらしい奥様だの、非常に見覚えのある芸能人だの、実は大企業の社長だったっぽい男性だのが次々に本を買いに来る。

恐竜だったり戦闘員だったりといった妙なコスプレをしている人間も相当数来たのだが、むしろそういうのは即売会では珍しくないため逆にほっとする始末である。

救いだったのはそれらのうち半分以上は真琴の一般向け一次創作のファンだったことだが、影響力が大きすぎる人間がやたら多かったのは誰の心臓にもよろしくない。

因みに、ビジュアル的な意味でトドメを刺したのは……

「真琴さん、澪ちゃん。差し入れに来たよ」

「あら、春菜？」

「春姉《はるねえ》、今日は来れないんじゃ？」

「ちょっと、こっちのほうに用事ができてね。それが終わったから様子見に来たの。ヨーグルトケーキ作ってきたから、みんなで食べて」

「春姉、そのケーキに使ってるヨーグルトって……」

「うん。澪ちゃんが想像してるとおり、いつもの自家製のやつ」

「……こんなところに持ち込んで大丈夫？」

差し入れを持ってきた春菜であった。

なお、差し入れのヨーグルトケーキが両隣に与えた衝撃により、真琴達はこのあと数年にわたって顔を合わせるたびにスイーツに対する感激がなくなったと文句を言われ続けるのであった。

第83話 ウルスを基準にするのは間違いだと断言します

「部分開通ではあるが、ようやくジェーアンの鉄道事業が商業運用を開始した」

「おう、おめでとうさん」

卒論も終え、あとは卒論発表と卒業式を待つだけという二月。エアリスの誕生日の翌日。

誕生パーティの余韻が残るウルスの王宮にて、宏《ひろし》はレイオットからそんな話を告げられた。

「確か、外周の四分の一ぐらいが開通したんやっけ？」

「ああ。線路の敷設自体は大方終わっているが、駅舎が旅客を乗り降りさせる仕様になっていないのと、外壁工事が完全には終わっていない関係で、それくらいになっている」

「そんな状況やのに、工事の人員以外の人が住んでるん？」

「線路に結界を張ってあるから、モンスターは入ってこれん。それに、工事があるということは仕事があるということだ。仕事があれば人が来る」

「それもそうやな」

ジェーアンの状況を聞かされ、いろいろ納得する宏。

もともとウォルディスの首都だっただけに、交通の要所であるうえに水利も悪くない。

結界が消失し外壁も崩れ、とても人が住める状況ではなかったため、レイオットが鉄道事業のために手を入れるまではゴーストタウンとして放置されていたが、再開発が始まれば人が集まってくるのは必然である。

「食料はどない？」

「農業区が順調に稼働しているから、去年から自給自足が成立している。それまでは、ファーレーンやマルクトから支援していたがな」

「ふむふむ。っちゅうことは、都市としてやっていける最低限の基盤は完成してるわけか……」

「ああ。工業関係がまだまだ脆弱《ぜいじゃく》だが、少なくとも飯に困らなければどうとでもなるからな。なので、先の話にはなるが、アズマ工房にもいずれ支店を出してもらいたい」

「分かった。一応ファムらには話しとくわ。まあ、察してはおるやろうけど」

レイオットの要請に、そう答えておく宏。

アズマ工房のそのあたりの判断は、今は基本的にファム達に任せている。

宏がやれと言えば喜んでやるだろうが、あえて話を通すだけで判断には口を挟まない。

理由はいろいろあるが、一番大きいのは宏達が完全に別の世界の神として存在が固まってしまったことである。

いくら神化前に自分達が立ち上げた工房だとはいえ、別の世界の神が直接口を出すのは問題が多すぎるのだ。

さすがに理由が理由なので、ファム達もその点についてはちゃんと納得している。

「そういえば、もう人が住んどるんやったら、行政関係はどないしてるん？」

「今のところは、マークとレドリックが向こうにいる。最終的には私とリーファ王女との子が継ぐことになるな」

「レドリック王子って、まだ見習い年齢になってへんやろ？　そんな子供を僻地《へきち》に送り込んでええん？」

「常時いるわけではないし、今後宰相になるか公爵として領地を預かるかのどちらかになるからな。今のうちに現場の空気を知っておいたほうがいいだろうということになった。実地研修もかねて、いくつかレドリックのアイデアで動いている案件もある」

「そんな愛着湧きそうなことやって、それ後々揉《も》めへんか？」

「マークかレドリックが欲しがるなら、それはそれで構わんという話になっている。もとより、どちらか一方が宰相として王都に残り、もう一方がどこかの王領の領主になる予定だったからな。王領が属国になるだけの話だ」

「リーファ王女はそれで納得……、してそうやな」

「あまり言いたくはないが、王女にとってもいい記憶のない土地だからな。思い入れも薄いから後々揉めなければどうでもいいと思っているようだ」

「そらまあ、聖属性のポメで爆撃食らうだけで滅ぶような国やったら、そうなるわなあ……」

ウォルディスが滅んだときのことを思い出し、げんなりした表情でぼやく宏。

オクトガルの爆撃の仕方が容赦なかったのは確かだが、それでも本来建物や人体に一切影響がない浄化の爆風で、建物の七割と人口の九十九パーセントが消滅したというのは、さすがに問題がありすぎる。

いくら生まれ故郷だといっても、そんな国に思い入れが持てないのはしょうがないだろう。

「当事者が納得してんねんやったら、あとはなるようにしかならんわな」

「ああ」

「それで、根本的な話として、レイっちと王女の子供ができんと話にならんねんけど、結婚はいつやっけ？」

「式は来月末だな。結婚式の準備に関しては、私と王女の修羅場は終わっている」

「なるほど。ほな、あとは事務方とうちらのほうか」

結婚式の予定を聞き、一つ頷《うなず》く宏。

レイオットとリーファが婚約したのは、澪《みお》が高校に入学してすぐのこと。

もはや既定路線になっていたため婚約自体は特に揉めることなく成立したのだが、結婚式をいつにするかの検討が始まった際に、今更としか言えない問題が浮上した。

実はリーファ王女、正確な誕生日と実年齢がはっきりしないのだ。

そのため、成人を待って結婚しようとなったときに、いつ成人なのか分からないという問題にぶち当たったのである。

リーファをマルクトまで連れて逃げたタオ・ヨルジャの話だと、少なくともエアリスより年上ということはなく、また現時点で見習い年齢を超えているのははっきりしている。

結果として、リーファの推定成人時期に去年から来年までの三年ほど幅が出てしまったのである。

神に聞けば簡単に分かることだが、嫁入り準備の関係でエアリスが迂闊《うかつ》にアルフェミナの神託を受けられなくなったため、この程度のことで神託に頼ることもできない。

結局、実年齢がどうであれ肉体的には十分成熟していると判断し、王太子夫妻の結婚式は準備に一年はかかることもあって、去年結婚にゴーサインが出たのだ。

「結婚祝いやけど、アヴィン殿下とかエレ姉さんに贈った寝具でええか？」

「確か、子宝に恵まれやすくなるのだったか？」

「せやで」

「我々の状況的に、それがもらえるのであればありがたいのだが、いいのか？」

「材料は山ほど余らせてるからな。全世界の王族全員に贈ってもまだ大量生産して売れるぐらいは作れんで」

「そ、そうか……」

宏の言葉に、微妙に頭が痛そうな表情を浮かべるレイオット。

主な材料となるのがジズの羽毛なので、宏の山ほどというのは比喩でも何でもなく、本当に登山できる山を作れるほど余らせていたりする。

何をどういう形でどの程度使うのかは知らないレイオットだが、宏達が伝説級の素材を大量という表現では足りないぐらい死蔵していることは知っている。

というより、むしろ一山いくらで取引されるような一般的な素材のほうが枯渇している現場によく立ち会う。

なので、大量生産できる＝伝説級の何かという変な図式がレイオットの中で成立していた。

「あとはそうやなあ……。ええ加減型落ちしとるエルの懐剣作り直さなあかんから、おさがりになるけど古いほうのを手直ししてお守り代わりに渡しとくか？」

「王女の守りが固くなる分にはありがたいが、保険はいくらあっても困らないとはいえ、そこまでのものが必要になりそうな何かがあるのか？」

「なんとも、っちゅうとこやけど、王族の防備はどんだけやってもやりすぎっちゅうことはあらへんやろ？」

「……そうだな」

宏の言葉に、少々困った様子で同意をするレイオット。

何事にも限度というものはあるが、バルドのような存在に対しては、常識的な範囲での限度を守ると対処できない。

費用対効果の問題もあり、そのあたりは常に大きなジレンマとなる。

「リーファ王女は、何気に血筋やら何やらが厄介な感じやからなあ。本人無関係なところで、どんな厄介ごとに巻き込まれてるか分からんで」

「私も、そのあたりのことは気にしている。元から正統性が怪しい王権だったとはいえ、一応ウォルディス王家の最後の生き残りだというだけで敵が増えそうな話だが、母親がウォルディスに滅ぼされたいくつかの王家の血を受け継いでいるらしい、というのがまた、な」

「そうなん？　なんぞ、リーファ王女を救出したおっさんが最初に仕えとった国の王女が母親やっちゅうんは知っとったけど」

「ああ。といっても、ファーレーン王家もそうだが、他の王家と婚姻を結んでいない王家は存在せんだろうがな」

「言われてみれば、そうかもしれんなあ」

リーファの血筋のややこしさについて、そんな話をする宏とレイオット。

特にヨーロッパの王家が顕著だが、地球でも政略結婚で王族同士が結婚して血縁関係になっている例は珍しくない。

レイオットにしても、母のエリザベス妃は二代遡《さかのぼ》ればローレンの公王家の一つから嫁いできているので、一応ローレンの王族と親戚ではある。

もっとも、エリザベス妃の実家は三代ほど国王を出していないうえにお互いやり取りを控えているし、ローレンの王政は現時点でほぼ終わっているため、親戚だからといって大した意味はないのだが。

「今更、ファーレーン国内でそのことについて文句を言う人間はいないが、あの地域の周辺国家はことごとく滅んでいるからな。それらを再興する場合、王女もしくはその子供は旗印としてある意味最適ではある」

「面倒くさい話やなあ」

「ああ。何より面倒なのが、王女自身に今更のように複数の国の血統魔法が発現していること。我が子がどうなるかは分からんが、必要とあらば属国としていくつかの国に分けて再興せねばならんかもしれん」

「本気で面倒やなあ、それ。っちゅうか、血統魔法って複数の国の分が発現したりするんや」

「初めてのケースだがな。王女の母の祖国であるミンハオの血統魔法が発現していたから、正直なところ油断していた」

「逆に言うと、ウォルディスのは発現してへんねんな？」

「そもそも、旧ウォルディス王家に血統魔法が存在していたかどうか自体、怪しくはある」

王家の正統性を保証する最大の要素である血統魔法。

その関係の厄介な話に、今になってなぜと思わざるを得ないレイオットと宏。

ある意味においてリーファがウォルディスを治めるにふさわしいことを証明しているのだが、そのことが逆に後々の火種になりそうなのが厄介である。

「まあ、そのあたりはそん時になってから考えたらええんちゃう？」

「そうだな。正直なところ、ファーレーンとしてはあの地域が安定するのであれば、別にどういう形で国境や統治制度が固まってもいいからな」

「そらまあ、海を挟んだファルダニアより距離的には遠いしなあ。ファーレーン的には統治そのものが面倒なだけか」

「ああ。期待している現地の者達には悪いが、別段属国でなくなっても全く困らん」

もともとあまりいいイメージがないこともあり、非常にシビアなことを言う宏とレイオット。

言っては何だが、そもそもファーレーンが代行で再建を進めていること自体に無理があるのだ。

距離や関係性を考えるなら、リーファ以外は一方的に難癖をつけられるぐらいしか縁がなかったファーレーンではなく、国境の一部が接していて良くも悪くも縁が深いマルクトあたりがやったほうがスムーズに進むのは間違いない。

リーファにしても、マルクトに置いておくと暗殺を防ぐのが厳しいからファーレーンで引き受けただけで、別にウォルディスが欲しかったわけではない。

なのに、そこを口実に利権とセットで押しつけられたのだから、もとから領土欲を持ち合わせていないファーレーンからすればたまったものではない。

大規模な鉄道事業の技術開発と実地訓練という余禄《よろく》でもなければ、何のありがたみもない。

「あの周辺って、マルクト以外の国はどないやったっけ？」

「マルクトの次に大きかったガストールが滅んだ時点で、ほぼ全滅だな」

「ほぼっちゅうことは、多少は残ってるん？」

「大きな山に囲まれた、オルテム村より小さな国が三つだけだがな」

「……さすがにウォルディスの土地押しつけるんは無理か」

「ああ。血統魔法を持つ一族と巫女《みこ》がいるから国を名乗っているだけで、実質的には大きな村でしかないからな。一応少しぐらいはもらってくれないかと持ちかけたが、いきなり平地に大きな土地をもらっても持て余すだけだと断られた」

「こんだけ押しつけ合いが激しい土地っちゅうんもすごいでな……」

「これだけ恨みを買っている国が亡《ほろ》べば、普通なら過去に存在した国の復興という話が出てくるのだが、明確に王家と民が残っているのがミンハオぐらいだからな。しかも、そのミンハオは唯一の王女がファーレーンの次期王妃に内定し、民もせいぜい数十人となれば、すぐに再興などという話にはならん」

「……あの辺、今、人口的にはものすごいスカスカなんちゃう？」

「ああ。分かっている範囲での全人口をかき集めて数万人。ジェーアン以外の都市は、それこそ開拓からやり直しと変わらん」

宏の疑問に、端的にそう答えるレイオット。

他の国に脱出したと思われる人間も探してはいるが、リーファが生まれてからウォルディスが滅ぶまでの約十年は、極端に国外に出た人間が少ない。

それも、まだ二、三年だったら戻ろうかという気にもなろうが、十年を超えるとよほどの暮らしをしていない限り、今更逃げだした故郷に戻ろうという気にはならないのが普通だ。

今までの歴史によるイメージの悪さに加えて極端な人口不足。

レイオットとリーファとの子供の代では、ウォルディスがファーレーンの支援なしでやっていけるようになるイメージが全く持てない。

「何っちゅうかこう、生き残った人らがいっそかわいそうになってくる話やなあ……」

「ああ。人口減の原因が原因だけに、生き残った者達がそれなりに真《ま》っ当《とう》だと証明されているのが余計にな……」

「ちゅうか……なんでこんな話しとったっけ……？」

「お前が、王女の血筋と立場がいろいろとややこしそうだと言ったからだ」

「ああ、せやったな」

「まあ、そういうわけだから、せめて少しぐらいは祖国に対する誇りと未来への希望を持たせてやりたい。そういう面でも鉄道はうってつけなのだが、それだけでは微妙に足りん気がしてな……」

「今度こそ、お召し列車でも作って結婚式のパレードに使えばええやん」

「お召し列車か。そういえば、そんなことも言っていたな」

「さすがに城内鉄道では使いづらいけど、ジェーアンの規模やったら普通にありやろ？」

「ああ」

宏の提案に、ありだなと頷くレイオット。

そこに、諸々《もろもろ》の用事を終わらせたリーファがやってくる。

「お久しぶりです、ヒロシ様」

「お久しぶりです、リーファ王女。二年ぶりぐらいでしたか？」

「レイオット様と同じように、普段どおりの話し方で構いませんよ」

「ほな遠慮なく」

リーファの許可を得て、あっさり言葉を崩す宏。

言葉だけでなく緊張感まで崩した宏の様子に、思わずくすくすと上品な笑い声を漏らすリーファ。

この年頃は男女関係なく少し見ないうちに化けるもので、リーファもチャイナドレスが似合う長身でスタイルのいい上品な美女に育っていた。

「しかし、また澪がいろいろ拗《こじ》らせそうやなあ……」

「そうでしょうか？　結局胸のほうはミオ様に追いつきそうにもないのですが……」

「あっちは身長と童顔で拗らせとるからなあ。自分よりちっこかった知り合い全員に身長で追い抜かれとるもんやから、最近では怪しげな手段にまで手ぇ出し始めてなあ……」

「なあ、ヒロシ。そういう努力はすればするほど悪化しそうな気がするのは、私の気のせいか？」

「それはみんな思ってんで」

澪の近況を聞いたレイオットの言葉に、呆《あき》れを隠さず宏が答える。

自分より小さかった知り合いに胸のサイズ以外すべて抜かれるのは、もはや澪のある種のアイデンティティになっている部分がある。

その胸のサイズも最終的に、普段の春菜《はるな》に八分の一カップほど追いつけないところで成長が止まっているが、これ以上はそろそろ全体的な体形のバランス的にどうかという感じだったので、澪自身もそこは全く気にしていない。

なお、リーファの胸はカップサイズ、ボリュームともに澪に負けはするものの、普通に巨乳扱いされるくらいには大きい。

「それで、お二人は何をお話しされていたのですか？」

「結婚式はいつかっちゅうんと、鉄道関係の話やな」

「ああ。……そうだな。ちょうどいい機会だから、今からジェーアンの鉄道を見に行くか？」

「今からかいな。僕は一応暇やからええけど、レイっちと王女は仕事ええん？」

「別に問題はない。もともと、お前の体が空いているときにジェーアンまで行く予定だったからな。そちらが問題ないのであれば、仕事の一環として進めるだけだ」

「私のほうも、今の仕事はレイオット様の補佐ですから」

「そういうことやったら、あのえげつない廃墟《はいきょ》が今どないなってるか気になるから、いっちょ見に行ってみよか」

特に問題がないと知って、レイオットの誘いに乗る宏。

こうして、宏は現在の鉄道事業の状況を視察することになるのであった。

☆

「線路の敷設そのものは大体終わってんねんなあ」

「ああ。三つの環状線と、それをつなぐ八本の線路のうち七本までは敷設が終わっている。ただ、面積に対して路線が少なすぎる気がせんでもないから、環状線と縦横《たてよこ》の線路はもう三つか四つ増やしてもいいかと思っている」

数分後、ジェーアン上空。

せっかくだから上から状況を見ようという宏の提案により、一行は神の船から見下ろす形で線路の敷設状況を見ていた。

現在のジェーアンは、中央のジェーアン城を囲う線路と外壁沿いに一周する線路、その二本のちょうど中間の位置を一周する線路の三つの環状線と、東西南北八方向から中央に向かって走る八本の線路のうち南西から中央に向かう一本以外が完成している状態だ。

建物や施設等に関しては、東門から中央にかけての街道沿いと、東門から南門にかけての線路沿いの区間に地球で言うところの中華風の建物が集中し、北側に広大な農地が広がっている。

中央のジェーアン城は、城と城壁とお堀は完成しているものの、そこに付随する施設はほとんどが手つかず、もしくはあばら家やテントでとりあえずしのいでいるという状態になっている。

人口規模や開発状況を考えると農地開発が恐ろしく進んでいるように見えるが、実際のところ大部分は農地として開発後には荒れないように手入れをしているだけで、作付けを行っているのは果樹園も含めて二割ほどである。

因《ちな》みに、その二割でもジェーアンの人口を支えるだけなら、過剰なぐらいの収穫高はあったりする。

農地と城を含めるなら開発状況は六割といったところなのだが、実際には人口が少なすぎて、いいところ以前の二割ぐらいしかない。

それぐらい、現在は南側がスカスカなのだ。

「せやなあ。ほぼほぼ外壁側の線路沿いと城壁まわりにしか建物がない今のうちにやっといたほうがええかもなあ」

「やはりそう思うか？」

「まあなあ。鉄道は建設もそれなりに時間かかるけど、一番時間かかるんが用地関連やからな。揉める相手が居《お》らんうちにやってまうんはありやで」

「そうだな。インフラを新設しようとすると、大体揉めるのが土地の関係だからな」

宏の言い分に、我が意を得たりと頷くレイオット。

実際、道路や鉄道の新設で一番トラブルが多いのが、用地の選定から取得までである。

整備計画から外れた地域は恩恵がなくなるのだから、どこも誘致に関しては必死になる。

だが、いざ建設となると今度は環境の変化にさらされる住民がこぞって反対運動などに走るし、そうでなくても素直に土地の買収に応じてくれるとは限らない。

そうこうしているうちに経費がかさみ当初の計画より費用が膨れがって、というのは古今東西どこでもよく聞く話である。

それなら、土地がいくらでも余っている現時点でやってしまったほうが、後腐れがない。

「今は土地の整備や諸々の建築の兼ね合いもあるから多少盛り土をした上に線路を通しているが、

最終的に可能であればすべて高架か地下にする予定だ」

「結局、前に言うた方向で進めるんやな？」

「ああ。やはり、懸念していたとおり踏切があると物流の流れが止まる。そのロスがなかなか無視できん。今は人口が少ないからそれほどでもないが、かつてのジェーアンほどの人数になると恐らく致命的な問題となる」

「それに、レイオット様が気にしていたとおり、一部の者が好奇心につられて危険な真似をして、運行を妨害していますし」

「ウルスの城内鉄道は使うのが使用人だから、安全にかかわる命令を無視するほど出来の悪い者はいないが、市井の者達となるとそうもいかんからな……」

うんざりした様子を隠そうともせず、そうぼやくレイオット。

リーファも困った様子を隠そうともしない。

ウルスの城内鉄道がある第一区画は、身元のはっきりしているちゃんと教育が施された独身の大人が生活するエリアなので、禁止されている見て分かる種類の危険なことを行う者はいない。

が、個人差はあれど基本的に視野が狭く衝動的な行動をとりやすい子供や、大人でも度胸試しなどと言ってわざと走っている車両にぶつかりに行くような愚か者が入り混じるのが一般的な都市というものである。

大人に関しては教育の充実である程度なんとかなっても、子供は個人の資質や教育の度合いではなく発達段階の影響によるところが大きいので、親や周囲の大人が注意する以上の防止策はない。

また、度胸試しのような分かりやすく頭の悪い行動は教育で減らせても、別の想定外はいくらでも発生するものだ。

なので、基本的には一般人は乗り降り以外の接触ができないよう設計すべきではある。

べきではあるのだが、最初から徹底できるかというと、それができれば苦労はしない。

現在は建設資材や廃材の運搬という用途がメインのため、歩行者の安全性を優先すると別の危険が生まれる状況であり、予算や工期の問題もあってそこは妥協せざるを得なかったのだ。

「問題は、下手に駅を作ってしまうと地下への移設や高架化をやりづらくなるのではないか、という懸念があることでな」

「そらまあ、元から修繕でもないのに線路を架け替えること自体が余分な手間やからな。駅がなくてもやりづらいのが普通やのに、駅があったら手間は二倍では済まんで」

「かといって、今回は事情が事情ですので……」

「まあ、駅舎自体をデカくしといて、駅舎の中で高架の高さまで上り下りさせるっちゅう手もなくはないけどな」

「ふむ？」

宏の言葉に、どういうことかと先を促すレイオット。

その様子に、どう説明したものかと少し考え込む宏。

「せやなあ。今は門を横切る部分だけ、線路を地下に通してるやん？」

「ああ」

「それの逆っちゅうたらええか？　駅のとこだけ高架から地上に下ろしてくる構造にするっちゅう手はあるで」

「ふむ。だがそれだと、交通の邪魔になるという点は解決するが、愚か者が線路に立ち入りかねんという点は怪しくはないか？」

「せやから駅舎をデカくして、外部の普通の人間が線路に侵入できんぐらいの高さになるまで覆い隠せばええねん。よっぽど鍛えた冒険者でもない限り、四メートルもあれば入んのは無理やで」

「……そうだな」

「あと、列車の退避場所とか修理格納のための基地とかの問題もあるから、どのみち完全に高架にしてまうんは無理があんで」

「ふむ、言われてみれば」

「地下にする場合でも、基地は最悪広場掘るにしても、やっぱり車両の出し入れのための出入口はいるしな」

考えが及んでいなかったところを宏に指摘され、真剣な顔で頷くレイオット。

よくよく考えれば、城内鉄道でも列車を整備するための車両基地に結構なスペースを取っている。もっと大規模なジェーアンの場合、その程度のスペースでは足りないし、そもそも車両基地が一カ所だと賄いきれないので複数作る必要がある。

結局、完全に高架にすることは、最初から不可能だったのだ。

「ほかに、アホの侵入対策を気にせえへんなら、交通量多いとこだけ線路くぐるように地下道掘るっちゅう手段もあるで。そっちのほうが列車の運行止めんでええぶん簡単やし、コストも安くつくしな」

「確かに、その程度のトンネルなら、街道の幅全体で掘ったとしても難しくはない」

「そうですね。あとは高架にしたほうがいいかどうかを、どういう基準で考えるかですね」

「ああ。とはいえ、これは現時点では不確定要素が多すぎて、簡単には決められんな」

「僕もこの件に関しては、基本的にこれ以上のアドバイスはできへんで。そもそも、鉄道も都市計画も僕の専門外や」

安全対策と交通面での利便性、双方に配慮した鉄道計画については、全員知識と経験が足りないためそこで止まってしまう。

そもそもこの世界の鉄道事業は、ようやくまともに形になったばかりだ。

仮に宏がもっと深い専門知識を持っていようと、種族やスキル、魔法などの要素が絡む時点でどの程度役に立つかは分からない。

地球の鉄道の歴史がそうであったように、この世界でも本来は手探りで進めていかねばならないのである。

少なくとも、少し考えれば分かる類《たぐい》の問題点について宏のアドバイスや大地の民の協力を受けられるので、地球のように大事故が起きてからあわてて対策を取るという部分が多少とはいえ減っているだけレイオットは恵まれているだろう。

「そういえば見とって気になったんやけど、線路が交差しとるところは、どんな風に運用してるん？」

「暫定的に線路をレバーで切り替えて運用している。今のところ別の線路を跨《また》いで列車が走るのは日に数回、決まった時間だけだからな」

「あくまで暫定やねんな？」

「当たり前だ。最後の工事が終わったら順次駅を設置し、どちらかを高架にして対応する予定だ」

「それやったらええわ」

「さすがに言われずとも、それぐらいは考えている」

現状見て分かる危険がそのままになっている点についての宏の疑問に、苦笑しながらそう答えるレイオット。

商業運用がごく一部にとどまっているのは、駅の設置や工事の進捗《しんちょく》以外に、このあたりの不備も原因となっている。

なので、レイオットとしてもいつまでも放置しておくつもりはない。

「さて、一通り上空からの視察も終えたことだし、実際に乗車してみるか？」

「せやな。せっかくやから、乗れるんやったら乗りたいで」

「分かった。残念ながらお前の故郷の鉄道と違い、まだ各駅停車しかない。それに、現在は外周四分の一を行き来するだけの路線と、中央ジェーアン城の前から東門までを往復するだけの二つの路線しか運行していないがな」

「まあ、十分なんちゃう？」

「レイオット様としては、門から門まで直通にした東西線と南北線も、同時に開業したかったのですよね？」

「ああ。外環状線はともかく、街道線は現状では中途半端すぎる」

「分からんでもないけど、そこは焦ったらあかんとこやで」

「そうですよ。あちらこちらから、今は商業運用を優先し運用しながら延線や改造を行うためのノウハウを積む時期だと言われているではありませんか」

「言われずとも分かっている。だから、東西線のみ、それも東側半分のみの運行で妥協している」

渋い顔のレイオットに対し、しょうがないなあという顔で釘《くぎ》を刺す宏とリーファ。

レイオットもあくまで気に食わないだけで無理なものは無理だと分かっているため、不本意だと態度に出す以上のことはしない。

ついでに言えば、この態度もあくまで身内の前だけで、実際に働いている人間には一切不満は見せていない。

別に進捗に大きな遅れが出ていたわけでもないので、このあたりはある種のことについて完璧主義な面があるレイオットの見栄のようなものだ。

「それにしても、王女もレイっちに対して言うようになったなあ」

「来月には名実ともにレイオット様の妻となり、将来的には二つの国の国母とならねばいけないのですから、当然です」

「そらまあ、そうやわな」

「それに、レイオット様はこの程度のことで私に対して気を悪くしたりするような小さなお方ではありませんから」

「……ほんまに、言うようになったなあ……」

地上に降りながら聞かされた半ばのろけのような言葉に、ごちそうさまという感じの表情でぼやく宏。

はたから見れば春菜やエアリスも宏について似たようなことを言っているのだが、自身の責任ではないからと完全に棚上げしている状態だ。

どちらかというと春菜やエアリスにのろけられると居心地が悪いくせに、それを窘《たしな》める根性がないのだから女性関係にはどこまでもヘタレなままである。

「……話を戻そう。工事の都合などで今日列車を走らせられるのは、商用運行を行っている区画のみだ。ただ、パレードの時は外壁環状線、中央環状線、城壁環状線の三つを一周させようと思っている」

「ええんちゃう？」

「それで、だ。パレードに使えるタイプのお召し列車と、それとは別に普段から使えるお召し列車の開発を手伝ってほしい」

「ええな、それ。了解や。式典関係の部署と話し合って、あとからでも追加で作れる仕様のんをどうにかするわ」

レイオットの要請に、嬉々《きき》として食いつく宏。

権能の面から見た存在意義としても、こういう仕事は大歓迎である。

「今日のところは、現在どうなっているかを視察する程度で考えていてくれ」

「せやな。よう考えたら、ウォルディスの都市って廃墟やない状態見るん初めてかもしれん」

「……そうか。お前達が初めてウォルディスの領土に入ったのは、オクトガルの聖属性ポメ爆撃以降か」

「せやねん。せやから、この地域の食文化とか全然知らんねんわ」

「……やはり、興味はまずそこに行くのだな」

「最重要やん」

真っ先に飯の話に食いつく宏に、苦笑するしかないレイオットとリーファ。

このあたりのぶれなさは、さすがとしか言いようがない。

「列車の窓から屋台がある程度見えるから、庶民の軽食は大体分かるはずだ。もう少ししっかりしたものになると、さすがに列車からでは分からんが」

「そらまあ、そうやろうなあ」

「皆様が作ってくださった料理の中では、肉団子やお饅頭《まんじゅう》、甘酢あんかけなんかに似ているものがありますね」

「ああ。っちゅうことは、中華が近い感じか」

「チュウカ？」

「酢豚とかチャーハン、青椒肉絲《チンジャオロース》に回鍋肉《ホイコーロー》、餃子《ギョーザ》なんかやな。肉まんもベースは中華料理屋やで」

「ああ、食べさせていただいた覚えがあります。そうですね、そういう感じです。といっても、実は祖国ではまともに食べた記憶はありませんけど」

そう言いながら、ジェーアン東門駅に入っていく一行。

駅の周辺には、早速軽食の屋台が並んでいた。

「……ある程度イメージどおりの料理が並んどるけど、蒸し饅頭とか揚げ物はないんやな」

「燃料が大量に必要な蒸すなどという料理、現状のジェーアンでは不可能だ」

「油も、現在は高級品ですから」

「ああ、そういう理由か……」

「そもそも、屋台で蒸し料理を出している店など、お前達以外はウルスやスティレンにも存在せんぞ」

「言われてみれば、そうやな。中華の屋台っちゅうたら肉まんやら餃子、シュウマイあたりの点心やらを蒸すか揚げるかしてるイメージが強くてなあ……」

そう言いながら、焼き饅頭を一つ買って割ってみる宏。

全体的に物資不足のジェーアンではあるが、食材自体は十分供給されているようで、中に入っている餡《あん》には十分な量の肉と野菜が使われていた。

「イメージしたとおりの中身やな。これを蒸せば僕らがよう食べてる肉まんになるで」

「そのようだな」

「味付けと若干の具材は変えるけど、何気に餃子とかシュウマイも中身は大体おんなじやねんな」

「言われてみれば、そうかもしれん」

「何ちゅうか、同じベースの餡にニラとか足してちょっと緩めにしたら餃子になるし、肉主体のまま固めるとシュウマイになるし、春雨やら何やら足して巻けば春巻きになるしっちゅう感じやな」

「ふむ」

そう言いつつ、焼き饅頭を一口食べる宏。

調味料も種類が限られているようで割とシンプルな味付けだが、それなりに悪くない味である。

その間に乗車手続きが終わり、駅へとぞろぞろ入っていく。

「味付けは塩とちょっとしたハーブ類だけか。さすがに胡椒《こしょう》とかは使えんかあ……」

「現状、まだそれどころではないからな……」

「それ以前に、恐らく屋台の料理はほぼ塩とどこでも取れるタイプのハーブやスパイスしか使えないと思います」

「ウルスを基準にしたらあかん、っちゅうことやな」

「世界中の食材や調味料が集まり、さらに皆様の手でそれらが発展しているウルスを基準にするのは間違いだと断言します」

悪くはないが物足りない味に正直な感想を口にし、レイオットとリーファに正面から論破されてしまう宏。

復興中という条件がなくても、よく採れる調味料と塩以外で味付けするのは難しいのが普通だ。

宏の感覚はとにかく贅沢《ぜいたく》なものだと言えよう。

そんな話をしている間に列車が到着したので、三人で乗り込む。

「まあ、胡椒とかはそうやな。それとは別に、中華やと鶏ガラのダシと、何とか醤《ジャン》っちゅう名前の醤油《しょうゆ》とか味噌《みそ》とかに似た調味料がよう使われるんやけど、そういうのもなさそうやな」

列車が動きだすのを待つ間に、先ほどの話の続きをする宏。

宏のその疑問に、レイオットが思いついた理由を答える。

「あったとしても、シンプルに前のあれで消滅しているだろう。使っていた素材が瘴気《しょうき》まみれだった場合、どうがんばっても跡形も残らんからな」

「ごめんなさい。明確に存在を覚えているのは甘酢あんかけぐらいで、それもちゃんと食べた記憶はありません」

「そうか。にしても、ウォルディスはお酢を腐った酒扱いしてなかってんな」

「そう言われてみればそうだな」

「多分ですけど、主に庶民階級でちょっとぐらい腐って変な匂いがしてても食べる習慣があったので、それ自体は害がないお酢は普通に定着したのだと思います」

「「ああ……」」

リーファの解説に、何やら思い当たることがあるようで思わず納得の声を上げる宏とレイオット。直接は知らないまでも、宏達とは別方向でウォルディスの食文化が悪食であることは聞いていたのだ。

「あと、私にはちゃんとした料理が出てきたことはありませんし大体が毒入りだったので、私が見たあんかけっぽい料理が本当に甘酢あんかけだったのかも、そもそもお酢を使っていたのかも分かりません」

リーファの境遇が嫌というほど察せられてしまう一言に、どう答えていいのか分からず思わず沈黙する宏とレイオット。

ただ、この時点で少なくとも食文化の面に関しては、リーファはウォルディス文化の復活にはほぼ役に立たないことが確定してしまう。

「……まあ、復興が進んだら、勝手に独自の文化が生えてくるやろ」

「……そうだな。そもそも、ウォルディスの文化を復活させることがいいことだとも限らん」

「少なくとも、政治や商売、司法関係の文化は断絶すべきだと考えています。賄賂で黒を白にするだけでなく、誰かの機嫌だけで無関係な多数の庶民の首を物理的に飛ばし土地や財産を強奪することを是《ぜ》とする文化なんて、百害あって一利なしです」

「……いくら軍事力もがっつり握っとった独裁政権やっちゅうても、ようそれで国が回っとったなあ……」

「回ってはいなかっただろうし、回らなくても王族としては一切困らなかったのだろう。なにせ、リーファ王女以外の王族は全員、邪神の眷属《けんぞく》になっていたのだからな」

「ああ、そういうことか……」

レイオットの言葉に、いろいろ納得する宏。

権力の中枢にいる連中が全員バルドのような存在になっていたとすれば、国がどうなろうが税収がどうであろうが、それどころか極端な話、食料が一切収穫できなくなっていても本人達は全く困らない。

なにしろ、バルドやその同類は基本的に、瘴気だけあれば飢えることも苦しむことも一切ない。むしろ国が荒れ人々が苦しめば苦しむほど、彼らは強くなり満たされる。

なので、まともな統治などやる意味が全くなかったのだ。

ついでに言えば、第二形態のバルドぐらい強くなってしまえば、飢えて死にかけている庶民の反乱などどうがんばっても成功しない。

むしろ、相手に力を与えるだけである。

「にしても、しゃあないとはいえスカスカやなあ……」

「まだ、この沿線に住んでいる人口自体、五万人程度だからな。もともとジェーアンの面積はウルスの倍近いし、どうしても空きが目立つのは仕方があるまい」

窓から見た景色に正直な感想を呟《つぶや》く宏に対し、当然とばかりにそう応じるレイオット。

実際、五万人といえばその気になれば、東京ドームなどの大型興行施設に入りきる人数である。

生活するうえでのスペースなどを考えても、人口が集中しているはずの外壁環状線沿いのエリアですらスカスカになるのはしょうがないだろう。

「人口そのものの問題やからしゃあないにしても、パレードは寂しいことになりそうやなあ……」

「そうだな。まあ、当日はマルクトをはじめとしたウルスよりこちらのほうが近い国からもある程度動員する予定だから、今営業している範囲が埋まらないということもないとは思うが」

「動員できるん？」

「ああ。そもそも、鉄道自体が興味を集めているからな」

「それで、この広さを埋めれるん？」

「少なくとも、スカスカにはならん」

「せやけど、営業区画外も回るんやろ？　さすがにそこまでは無理とちゃう？」

「……そこは否定できん」

「あと、ノンストップで走るとして、一周するんにどんぐらいかかる？」

「……人がいない区間では速度を上げるとしても、外周が二時間はかかるな……」

「無謀ちゃう？」

「……そのあたりの現実的な計画は、パレード用車両の設計の時にすり合わせてくれれば助かる」

「了解や。まあ、普通のパレードと同じで、街道往復するぐらいでええと思うで」

スカスカのスペースだけでなく、列車が走る速度も踏まえてパレードの計画を変更させる宏。

どんなに速度を上げても、運用上の都合で現状では六十キロを超えるのは難しい。

そして、パレードという都合上、観客の前で出せる速度は恐らくせいぜい時速十キロ程度。七割がたを時速六十キロで走れたとしても、一日で終わるとは思えない。

それ以前の問題として、そもそも大国の首都のような大都市を一周するパレードなど、この世界では誰もやっていない。

「他の国から動員できたとしたら、パレードの間は賑《にぎ》やかになるやろうけど、ウルスみたいに元の敷地で足らんようになるまで、どんぐらいかかるんやろうな？」

「なんとも言えんな。現状がこれだから、ある程度移民に頼らざるを得ないが……」

「現状、土地だけはいくらでもあるという状態ですので、施設は好きなように建てられます。それと鉄道に、どれだけ魅力を感じていただけるかが問題ですね」

「なんもかんもが最初からやり直しやからなあ。目端が利く商人とかやったら、それこそ今のうちから利権を確保しに動くんやろうけど、えぐいところに牛耳られるとそれはそれで厄介やしなあ」

「あまり目に余るようであるなら、国家権力で介入もするのだがな……」

「大資本がガッツリ組んで新規参入を妨害しまくる、みたいなことに対しては、何気に動きづらいからなあ」

「それと示し合わせて不当に売値を釣り上げるといったことをしていれば、まだどうとでも介入できるのだが……」

「せいぜい、新規参入を潰《つぶ》すために仕入れに応じない、応じさせない程度では無関係の民の生活に直接影響が出るわけではないので……」

「やろうなあ……」

などと言っている間に列車は一周し、東門駅に戻ってくる。

そこで乗り換えを行い、今度はジェーアン城東駅まで往復する列車に乗る。

「街道はさすがに、そこそこ人の動きがあるんやな」

「ああ。住居が分散気味だとはいえ、一応五万人の商圏ではあるからな。それなりに行商人や隊商も来る」

「まだ居つくとこまでいかんっちゅうだけか」

「そうだな。売るにはいいが、住んで何かをするには産業が足らん。が、外に大々的に売り出す特産品を作るには、職人が足りていない」

「見た限り、報告書のとおり、街の中で消費する日用品や雑貨の生産で手いっぱいのようです」

「結局、生産も消費も人口のせいで頭打ちっちゅうわけか」

「ああ。だからこそ、アズマ工房に来てほしいのだ」

「せやなあ。その辺の余裕があるかどうかは、本気でファムら次第やで」

「分かっている。そもそも、本来アズマ工房の手を借りるようなことではないのも、分かっている。が、アズマ工房の支店があるということは、それだけで悪質な連中が来ないよう牽制することになるし、ちゃんとした職人達をひきつけることにもなる」

「うちの看板に、そんな力あるん？」

「むしろ、なぜないと思う？」

いまだに自分達の実績と影響力に対する自覚が薄い宏に対し、真顔でそう突っ込むレイオット。

ただ、この点に関しては宏の活動拠点が日本になってしまったため、そのことを実感する機会が激減していることも影響している。

特に、日本で立ち上げた自身のベンチャー企業も同じ〝アズマ工房〟であり、そちらは売上高や利益率はともかく、知名度や影響力は最近話題の、とか、知る人ぞ知る、とかのレベルでとどまっている。


なので、そちらのイメージに引きずられがちなところが大いにあるのだ。

「……あんまりピンとこんけど、レイっちが言うんやったらそうなんやろう。ただ、何度もしつこく言うようやけど、今はもう、工房に関する判断は全部ファムとテレスとノーラの三人に任せとるからな。立場的に、僕が下手に口挟んだら碌《ろく》なことないし」

「ええ、分かります。それを踏まえたうえで、もしヒロシ様がウォルディスに工房を出すとしたら、どんな指示を出しますか？」

「せやなあ……。よう考えたら、ここまでの新規出店は全部僕らが決めとったから、ええ機会やっちゅうことで、やっぱりファムらに全部やらせるで。もしくは、ジノらもええ加減キャリア長《なが》なってきとるし、試しにやらせてみるのもありやな」

「やはり、ご自身では動きませんか」

「そらまあ、当然やな。神化云々《うんぬん》を別にしても、こっちに居《お》った頃ほど時間的な自由もないし」

そう言いながら、先頭車両の窓を通してなんとなく進行方向を眺める宏。

いつの間にかずいぶん距離が近づいていたようで、視界に大きな城とそれを守る門が見えてくる。

「空からやとよう分からんかったけど、またデカくて立派な城やなあ」

「外側だけはな。中は実質的に謁見《えっけん》の間と実務のための部屋ぐらいしか完成しておらん」

「ほほう？　マー君らはどこで寝泊まりしてるん？」

「基本的に、ウルス城から転移魔法で通勤だ」

「どうしても帰られへんときは、どないしてるん？」

「一応、最低限の寝泊まりができるようにした部屋が二つほどあって、私やマークはそこを使っている。それと先に言っておくが、どれほど立て込んでいようとレドリックだけは毎日帰宅させているからな」

「そらそうやろ。なんぼなんでも見習いにもなってへん末の王子様をそんなところに泊まらせるとか、王妃様らに締められんで」

「それを我々が考えないとでも思うか？」

「そもそも、マー君がここに泊まりこまなあかん状況があること自体、微妙にアウトくさくないか？」

「あれももう、二十を過ぎている。そこまで過保護にせんでもよかろう」

「いや、むしろ嫁探し的な意味では、そろそろもうちょい過保護にせんとあかんのちゃう？」

宏に言われ、思わず言葉に詰まるレイオット。

かなり好条件であるはずのマークだが、何気にいまだに婚約者がいない。

王族なのでこのまま独り身でいいわけがないのだが、どうにもブラックな労働環境が祟《たた》ってか見合いがうまくいかない。

王命で何とかしたくてもちょうどいい相手はすでに全滅であり、かといって特に瑕疵《かし》があるわけでもない王族の初婚に再婚の女性をというのも、当人が好き合っていない限りは双方に対して外聞が悪すぎる。

好物件だけに狙っている女性は結構いるのだが、そういう女性とファーレーン王家は基本、致命的なまでに相性が悪い。

そこはマークも例外ではなく、そのタイプと結婚するなら生涯独身のほうが誰の迷惑にもならないと断言している。

なので、宏にアプローチを開始したライムのように、少々の年の差や労働環境の問題など鼻にもかけず突撃してくれる女性が出てくるのを待つしかないと、本人も周囲も諦め気味である。

因みに、レドリックはマークと違って仲のいい婚約者がおり、双子の妹で姫巫女《ひめみこ》を引き継いだエリーゼは、なぜかジノに猛アタック中だったりする。

なので現在、浮いた話がないのはマークだけである。

「まあ、何にしても、見た感じ住民がそれなりに幸せそうで未来の希望持ってる感じなんはええことや」

「マークとレドリックががんばってるからな」

「マー君は、宰相としても領主としてもうまくやっていけそうやんな」

「ああ」

良縁さえあれば、という言葉を飲み込みつつ、互いの意見の一致をみる宏とレイオット。

なんだかんだで、復興中のジェーアンはそれなりに住みやすそうな土地になっているのであった。

☆

「早速、お召し列車の仕様決めやな」

翌日の朝、ウルス城。

予定が空いていた宏は、お召し列車関連の打ち合わせのため鉄道関係を担当している部署に突撃をしていた。

興味を示していたファムとライムもこの場に同席している。

「最初に確認なんだけど、車両そのものの基本的な仕様は、城内鉄道とおんなじなんだよね？」

「ええ。レールの幅も車両の基本的なサイズも、ジェーアンの鉄道は城内鉄道と共通にしています」

ファムに問われ、技師のトップがそう断言する。

もともと大きな車両を導入していることもあり、ジェーアンの鉄道も小さすぎて困るということはない。

恐らく今後も、城内鉄道のサイズが共通仕様になるだろう。

「だとすると、車両の基本構造とかはいじるところがなさそうだから……。王族をはじめとした重要人物を乗せることを考えて、必要なのは防御力と乗り心地？」

一般の車両とお召し列車とを分ける一番大きな要素について、そんな風に条件を挙げるライム。

今年十二歳になるため、さすがに言葉遣いや話し方からは無邪気さが抜けている。

そもそも真琴《まこと》より長身でリーファと同等の豊かなバストを持つ年の割に大人びた雰囲気を持つ美

少女が、幼さの残る口調でしゃべると違和感がすごすぎる。

なので、ライムが年相応の大人っぽさを身につけたことについては、さすがに誰も残念には思っていない。

どうでもいい余談だが、身長こそライムにはまだ抜かれていないファムだが、バストは完全に逆転されている。

もっとも、ファムのバストも普通に大きいこともあり、これ以上は邪魔だからと周囲に抜かれることは気にもしていない。

ただ身長に関しては、大きいものを作るときに手が届かないことが往々にしてあり、もうちょっと欲しいと澪のようにぼやくことはあるようだが。

「せやな。どうせ一点もんやし、そもそもいろんな意味で権威をアピールするためのもんやねんから、コスト面は度外視でええはずや。やろ？」

「そうですね。さすがに青天井は困りますが、まあ通常の車両の十倍ぐらいまでは何も言われないでしょう」

宏に確認され、そんな恐ろしいことをあっさり言ってのける技師。

実のところ、高度な製造技能を要求されるポイントが多いため、車両一両あたりの値段感覚は日本のそれと大差ない。

その十倍とあっさり言ってのけるのだから、世界一の金持ち国家は伊達《だて》ではない。

「ただ、どうせお金をつぎ込むのなら、何か一つか二つは今後の車両にも流用できるものを作りたいところです」

「そりゃ当然だよね」

「うん。王族の方々を乗せる車両なんだから、他には使えない特別な技術を組み込むのは当然としても、それ以外のことにも使える技術を開発するのも、お金を使う以上当然だと思う」

技師の言葉に、何かを言わんやという感じで思うところを告げるファムとライム。

その間も、安全技術や防御技術、および乗り心地関連の技術資料を穴が開くほど見ている。

「防御関係は過剰なレベルでやらんとあかんから、他の車両に応用とかは考えんでええやろ。っちゅうことで、ここは僕がやるわ」

「了解。だとしたら、アタシとライムは他の人と相談しながら、乗り心地のほうをどうにかするよ」

「ただ、改良そのものは簡単だけど、それを他の車両でもできるぐらい簡単に低コストで、っていうのは、一筋縄ではいかないかも」

ある意味において一番重要なところを宏に譲り、列車の構造やかかっているエンチャントを検討しながらうなるファムとライム。

コストを一切気にしないのであれば、シンプルに使う素材をランクアップしたうえでシートなどを限界までいいものにすれば乗り心地は劇的に改善する。

それこそ、強風のなか新幹線レベルの速度で走っても全く揺れを感じないぐらいにはできる。

だが、それはいくら何でも安直すぎるし、そもそも他の車両に応用することはできない。

また、そのレベルの素材を使う場合、メンテナンスの難易度も跳ね上がってしまう。

さすがにそこまでの素材がそう簡単に消耗することはないが、完全にメンテナンスフリーにしようと思うと、全部の部品に自動修復のエンチャントをかける必要が出てくる。

残念ながら、一般車両にはそこまでのことはできない。

「お姉ちゃん。わたし的には、できたら魔鉄ぐらいまでのランクでどうにかしたい」

「そうだね。ただ、構造的には普通の鉄とか青銅でできる工夫ってすでにほとんどやっちゃってるんだよね」

「無茶かもしれないけど、配合を工夫して鉄級の素材を新しく作ることも考えない？」

構造面ではできることは大体やってしまったことを確認し、素材側の改良を検討し始めるライムとファム。

素材が変わると効率がよい構造というのも変わってくる。

また、振動に強い鉄と衝撃に強い鉄のように特性が違うものをいくつも作れるなら、部品ごとの使い分けでさらにいいものにできるかもしれない。

現在は鉄にしろそれ以外にしろ、品質や性能の差はあっても金属ごとの性質はほぼ同じだ。

添加物での調整や合金にした場合の変化などはほとんど研究が進んでおらず、せいぜい銅と青銅の違いぐらいしか分かっていなかったりする。

「せやなあ。そのあたりは僕もあんまり触ってへんわ」

「そうなの!?」

「武器と防具と調理器具に使うんにええ配合見つけたら、それ以上はなあ……」

「ああ、そりゃそうか……」

宏があまり合金まわりを触っていないと聞き、思わず驚きの声を上げるファム。

だが、その理由を聞いてすぐに納得する。

鉄や銅だと、需要は大部分が武器と防具と調理器具で、こういった部品類には意外と使われない。また、生産用の道具はナイフ類のように武器と兼用だったり、すりこ木や乳鉢のように金属以外で作るのが普通だったりと、やはり独自の配合や合金を研究する必要が薄い。

もっと言うなら、機材類はモンスター素材を使うことのほうが多く、金属を使うにしても割と早い段階で魔鉄やミスリルに頼ることになる。

特にエンチャントや錬金術を絡めたものづくりだと、普通の鉄系素材はどんな合金を作ってもファーラビットあたりの骨を使った道具より使い勝手が悪くなる。

ゆえに、そこに手間をかけるなら、その分いい武器を作ってモンスターを狩ったほうが、機材に関しては圧倒的に効率がいいのである。

このあたり、地球と違って魔法やモンスターといった要素があるフェアクロ世界ならではの事情だと言えよう。

因みに農具は、武器に使う配合で大体何とかなるのと、割と武器としても使うのでカテゴリーとしては武器扱いである。

「せやなあ。日本で使われてる特殊鋼とかの大雑把《おおざっぱ》な配合、こっちでも試してみるか？」

「そんなの、分かるの？」

「ほんまに大雑把な配合だけやけどな。当たり前の話やけど、正確な配合とか精製の仕方とかは、開発した会社の企業秘密やし」

「むしろ、大雑把な配合が分かってるの、大丈夫なの？」

「ある程度は公開情報やからな。一般的な素材に至っては、品質保証のために材料の配合比率をミルシートっちゅう形で出してたりするし」

普通に考えて明らかにアウトな内容に、珍しくライムが不安そうな表情を浮かべる。

この手の秘伝だとか秘匿技術だとかに関しては、仮に見よう見まねで再現したとしても人死にが出かねない類のものだ。

いくらお互いに干渉できないといっても、それはまずいのではないかと思わざるを得ないのである。

なお、宏の行いは本来ならば言うまでもなく特許侵害になるのだが、宏が大雑把な配合を知っているような金属は、どれも特許が切れているものばかりだ。

ついでに言えば、異世界ゆえに輸入という手段が取れないので日本で購入して持ち込むのも限度があるため、現地で作ろうと考えるのも当然の考え方ではある。

なので、褒められた行いではないが、違う世界であることも含めて、法的に処罰を受ける行為ではない。

「まあ、公開情報から探るやり方やから問題ないっちゅうても、単なる丸パクリはカッコ悪いしおもんないからな。あくまでヒント程度にしといて、ウルス周辺でとれる素材で近い性質のもんを作れるかでがんばり」

「うん。それでがんばる」

どうやら最初からそのものズバリを使うつもりはなかったらしく、ライムに対してそう発破《はっぱ》をかける宏。

宏に言われ、真剣な顔で頷いて技術棟の溶鉱炉へと向かうライム。

そのあとを追いかける宏とファム。

「それで親方、何か当てはあるの？」

「なくはないけど、総当たりでも三日もかからんと引き当てそうやから、今の段階では余計なことは言わんとくわ」

「了解」

ファムに聞かれ、正直にそう答える宏。

宏があまりこういった下位の素材をいじってこなかったのは、必要性が薄かったからというのもあるが、大体何をどうすればどんなものができるかがなんとなく分かっていたからというのもある。

特に神化して創造神となった今では、専門の職人であれば誰でも生産できる金属で欲しい特性を持ったもの、という曖昧な指定でも容易《たやす》く目当てのものを生み出せてしまう。

なので、ファムとライムの成長のためにも、現段階では何も口を挟まないようにしているのである。

「まずはレシピどおりに合金を作って……、クロム？　モリブデン？　バナジウム？」

「さすがにそのものズバリはあらへんかあ……」

「というか、基本金属って金、銀、銅、鉄、鉛、スズ、アルミ以外にあったの？」

「そうきたか……。言われてみれば、確かにその辺の金属以外聞いたことあらへんなあ」

レシピを見て、むう、という表情を浮かべたライムに、思わず苦笑する宏。

それぞれがどのような金属かはここでは割愛するが、いずれもいわゆるレアメタルである。

地球でも長く元素として認識されていなかったものなので、魔鉄だのオリハルコンだのが存在するこちらの世界で発見されていなくても仕方がないだろう。

「発見されてへんだけやったらええんやけど、もしかしたらこっちには存在してへんのかもしれんなあ」

「だとしたら、どうしよう……」

「考え方を間違えたらあかんで、ライム。今回の目的は鉄道の車体を進化させるための金属を、鉄と同じぐらいの難易度で作ることや。別に、日本の特殊鉄鋼を再現する必要はあらへん」

宏に指摘され、あっ、という表情を浮かべるライム。

それを見て、ファムが思ったことを口にする。

「そういや、駆け出しでも狩れるモンスターの素材って、鉄とかに配合するの試したことなかったよね。いい機会だから、一回いろいろ放り込んで精錬してみよう」

ファムの言葉に、言われてみればという表情を浮かべるライム。

今までの歴史で、普通の鉄に弱いモンスターの素材を配合してみたことが一度もなかったのかというと、当然ながらそんなことはない。

ただ、モンスター素材はどんなランクが低いものでも用途がしっかり確立されていて、需要を満たしきれていないのが現実だ。

さらに言えば、ベースとなる鉄自体が、アズマ工房でもなければそんな実験にいくらでもつぎ込めるほど大量に素材を確保できない。

結局、有効な配合が見つかる前に挫折して研究が中断するのだ。

なお、ゲーム時代に宏達も同じことを試しているが、一番変化が出た組み合わせを最適な用途に使っても数値に表れるほどの差はなかったため、手間がかかるだけで無駄だという結論に達している。

「そこは最終目標として、や。最近は魔鉄もだいぶ安くなってきてんねんやろ？」

「うん。フォーレでの生産加工が安定してきたからね。製品はともかく粗鉄は普通の鉄の倍額程度まで下がってきてるよ」

「それやったら、鉄道の一般車両に使えんこともない値段やし、そっちで新しい構造作るんも検討しといたらええんちゃうか？」

「ああ、そうだね。今回はお召し列車だから、その手の鋼材を使っても名目は立つし」

宏に言われ、それもありかと頷くファム。

かつて宏が広めた魔鉄精製用溶鉱炉が定着したおかげで、現在のフォーレでは産出量が増えてダブつきまくっていた魔鉄が順調に加工されている。

そのため、現在では精製しただけの魔鉄であれば、かつての高品位鋼ぐらいの値段で購入することができるようになっていた。

さすがに鉄ほど安くはならないだろうが、それでもいずれ大量の需要が見込める鉄道のような大規模インフラだと、エンチャントを付与しやすい、つまり自動修復を安く付与できることによるランニングコストの低下も含めれば、採用可能な値段までは落ちそうな雰囲気である。

「じゃあちょっと、思いついたことを試してみるよ。衝撃吸収や振動抑制は、振動してる可動部分とそれ以外を独立させるのが基本だから……」

「こういうんは、失敗作を量産してなんぼやからな。とにかく手数の勝負やで」

「分かってるよ」

「それにしても、こういうん見るとうずうずしてくるもんがあるわ」

「どんな風に？」

「具体的に言うと、今手元にある素材を好き放題使って、どこまで性能突き詰められるか試したくなってくるんよ」

鉄の研究に没頭し始めたライムと、魔鉄による鉄道車両の構造設計と実験に入ったファム。

その二人の様子を見ていた宏が、いきなりそんな物騒なことを言いだす。

「……どうせ親方のことだから、とっくに防御力向上に関しては手があるんだよね？　だったら、作るだけなら作っちゃっていいんじゃない？」

「おおう、ファムがなんか投げやりや」

「投げやりなわけじゃないよ。単に、全部盛り込んだ鉄道っていうのがどういうものか、アタシも興味があるだけ。あとね、ライムの様子を見なよ」

ファムにそう言われてライムのほうを見ると、どうやら聞こえていたらしく期待に満ちたキラキラした視線を向けてくる。

どうやら、久しぶりに親方の格好いいところを見たいようだ。

「親方、最近あんまりがっつりしたものづくりって、ライムの前でやってなかったでしょ？」

「ネタがなかったからなあ……」

「うん。そのあたりの事情は知ってる。ただ、ネタ振っちゃったんだから、責任取って思いっきり

「まあ、やってえんやったら望むとこやけど……。一応レイっちに許可だけは取っとこか」

「もう取ってきてあるの～」

こういう流れの場合のお約束に合わせ、宏が口にしたタイミングでオクトガルが許可取り済みを告げにやってくる。

その言葉に、ライムだけでなくファムまで期待に満ちた視線を向けてくる。

それに応えるように、心底嬉《うれ》しそうにニヤリと笑う宏。

単に独断専行でやってしまってレイオットや現場に迷惑をかけることを心配していただけで、作っていいのであれば作りたかったのだ。

他の懸念事項として、ライムにこれ以上格好いいところを見せていいのかというのはあるが、周囲の人間に言わせれば今更気にするだけ無駄だということになる。

春菜達もライムが宏を男性として好きになることについては、すでに諦めて受け入れている。

結局、宏がどこまで悪あがきをするのかと、その悪あがきにどこまでライムが対抗するのかで未来が決まる、そんな状況になっているのである。

そんな状況なので、すでに宏の頭にはその懸念はかけらも残っていない。

「ほな、ここでやるんは機材足らんし、城の工房でやろか」

そう宣言し、ファムとライムを連れて神の城へ転移する宏。

そのまま、何の前置きもなく車台を作り始める。

「言うまでもなく、足まわりは神鋼やな。こいつで作れば、レールにダメージ与えんと衝撃吸収と揺れの抑制を完璧にこなしたうえで、音速手前ぐらいまではいけるで」

「地上だと、音速手前が限界なの？」

「それ以上にすると、衝撃波の問題とかレールがもたんとかあってな。さすがにレールまで神鋼では作れんし」

「ああ、なるほど」

理由を聞いて、あっさり納得するファム。

逆に、ライムが不思議そうに疑問を口にする。

「地上では、っていうことは、空中だと違うの？」

「列車に限った話やないけど、地面との摩擦がないからそれだけ速度は出しやすくなるわな。あと、詳しい数字は忘れたけど、一定以上の速度になると浮力みたいなんが発生して、どんなに浮きそうもない形状でも浮いてまうはずやねん」

「へえ？」

「空中やと空気抵抗以外に障害はなくなるから、出せる速度は段違いや。高度さえとっとけば、何かにぶつかる可能性も低くなるしな」

ライムに地上で出せる速度の限界について、簡単に説明する宏。

F1にウイングがついているのは車体を浮かないようにするためなのは有名な話だが、実はそれをしても速度を上げていけばいずれ浮力のほうが勝ってしまう。

実際にはそこまで行く前に、タイヤや車軸が先に限界を迎えるのだが、どちらにしてもタイヤで地面を走っている限り、航空機ほどの最高速度は出せない。

宏が作っている列車の場合、車体側の物理的な限界は無視できるのだが、あくまで列車なのでレールなしでは走れない。

そして、どれだけ工夫したところで車輪がレールの上を転がる以上、残念ながらレールの摩耗を一切なくすことまではできないのだ。

それでも普通に地上を走る乗り物としては、音速手前は破格の速度であるが。

「でまあ、レールがどうやってももたんのは最初から分かりきっとるから、エネルギー体のレールを自前で伸ばして走る機能もつけるつもりや」

「「へっ？」」

鉄のレールではもたないなら、エネルギーを固めてレールにすればいい。

そんな宏らしい無茶な解決策に、思わず間抜けな声を上げてしまうファムとライム。

エネルギーを固めて物質のように使う技術はファム達も持っているが、彼女達ではちょっとした台や壁の代わりぐらいにしか使えない。

そのため、列車のような大物を支える発想はなかったのだ。

「そのためには、まずは本体完成させせんとな。本体部分の材料は世界樹の間引いた枝を使うか」

「それ、足りるの？」

「もともと、世界樹の枝はサイズ可変やで」

「そうなんだ……」

知らなかった情報をしれっと言われ、少々唖然《あぜん》としてしまうファム。

その間にも取り出した世界樹の枝を、五メートルぐらいの直径に巨大化させる宏。

そのまま底を切ってから中をくりぬき、全体の表皮を剥《む》いてから幅をそぎ落とし先端を新幹線の頭のように削って形を整え、表面をざっと磨いてささくれなどを取る。

外形と内部の加工が終わったところで、最初に斬り落とした底の部分で底板を作り、窓と扉を切り抜いてからはめ込む。

「よし、ええ感じやな」

扉と窓をつけ、可動状態を確認して満足そうに頷く宏。

なお、権能もフルに使っているので、ここまでの作業は三十分もかかっていない。

「親方、内装はどうするの？」

「最上級の乗り心地を保証しようと思ったら、ベヒモスとかジズの素材で作らんとな」

「あと、世界樹だけで防御力は大丈夫なの？」

「最後に神鋼でメッキするから安心し」

神鋼でメッキという恐ろしい言葉に、質問したライムのテンションが上がる。

今まで普通の金属の用途でしか使われていなかった神鋼の、新しい可能性を教えられたのだ。

なお、言うまでもないことながら、そんな使い方をできるのは創造神である宏が権能を全開にしているからであり、たとえファムとライムが神鋼を十全に扱えるようになってもそんな真似はできない。

「でまあ、実質単なる飾りになるけど、先頭に運転席を配置して運転用の機器を入れて……」

「大体形になったよね」

「あとは列車としての機能を組み込んで完成やな」

「よくよく考えたら、機能をあとから組み込むっておかしいよね」

「こいつは実質ゴーレムやからな。機械やないから普通の列車と違うて、機能の組み込みはどないしても最後になるわな」

「それはそうなんだけど、その作り方だと普通の列車には全く参考にならないよ……」

「参考も何も、基本的なところはとうに完成しとるやん。そもそも、この素材やからできる作り方しかやってへんねんし、最初から参考になんかなるかいな」

「うっ……」

非常にもっともなことを宏に言われ、思わず言葉に詰まるファム。

そもそもが、今使える最上級の素材と今の能力を全力で使って列車を作る、というコンセプトで始めたのだ。

宏以外に同じことができるわけがないので、最初から参考にしようとするほうが間違いである。

「で、まあ、せっかく自前でレール伸ばして自由にどこでも行けるんやし、普通の列車にはいらん装備とか機能をつけようか」

「どんなのをつけるの!?」

「街中走る普通の列車にいらん装備の筆頭っちゅうたら、まず間違いなく列車砲やろ」

「列車砲！　強そう！」

「歴史的にどんぐらい役に立ったかは知らんけど、大砲やからそれなりに威力はあるやろな」

ワクワクしながら質問してくるライムにそう言いながら、上部に巨大な砲塔を設置する宏。

こういう場合につける大砲といえば、宏の場合、基本的に天地波動砲である。

「ねえ、親方。わたしこの大砲見たことある！」

「そら、天地波動砲やからな。神の船にも神の城にも積んであるんやから、見たことぐらいあるやろ」

「あ、そっか」

「因みに、何に向かって撃つんかとか、撃って車体が平気なんかとかは突っ込んでも無駄やで。そもそも使う前提で設置してへんし」

「撃てないの？」

「いや、撃てるし天地波動砲ぐらいで転覆とか脱線とかはせえへんで」

「すご〜い！」

宏の説明に大喜びするライム。

基本的な趣味は女の子のものなのに、割とメカや大口径砲にロマンを感じる少年の心も持ち合わせているらしい。

「あのさ、親方、ライム。無駄機能だとしても、やりすぎじゃない？」

「これでも、一応は妥協したんやで」

「お姉ちゃん。天地波動砲ぐらいだったら、親方のやることとしては大人しいほうなの」

「いや、そうかもしんないけどさ……。都市一個あっさり壊滅させるような装備、普通につけるのはどうかと思う。というか、列車砲つけるにしても、もうちょっと普段使いできそうな大人しいのなかったの？」

「あんまり下げると格が釣り合わんし、逆に格に合わせて天地開闢《かいびゃく》砲やと今度、ほんまに使うところあらへんし、これがぎりぎりの妥協点やで」

「……うん。なんか納得した」

宏とライムの言い分に、なんとなく心の底から納得してしまうファム。

この列車から普通の大砲がズドンと発射されても、なんとなくショボく感じてしまうのは間違いない。

そもそも、高性能すぎて実用品とは言いがたい列車なのだから、無駄機能は派手すぎるぐらいでちょうどいいのかもしれない。

「ほな、次の無駄機能やな。せっかく大砲つけたんやからドリル突撃はつけるとして、ダイアズマーの二号ロボにでも変形させるか」

「「二号ロボ!!」」

完全に悪ノリし始めた宏の宣言に、ファムとライムは目を輝かせながら声をハモらせる。

天地波動砲には難色を示したファムも、巨大ロボは別腹だったようだ。

「単純な二号ロボにするんも芸がないし、ダイアズマーの強化パーツとしてグレート合体できるようにしとこうか」

「グレート合体!?」

「ロボット二機が合体するとか、そんなすごいことやっていいの!?」

「今どき珍しくもない話やで」

「「すごーい!」」

宏の言葉に、興奮を抑えきれない様子のファムとライム。

どうやら二人とも、大地の民や神の城では複数の人型巨大ロボが変形合体するような作品を見ていないらしい。

「ほな、サクッと機能組み込んで試運転するか」

「うん！」

「どうしよう、お姉ちゃん！　わたし、すごく楽しみ！」

「アタシも、ちょっとドキドキしてきた！」

年頃の女の子としてはちょっとどうかという反応を示すファムとライムに気を良くして、超高性能超高速車両をサクッと完成させる宏。

そのまま神の城で列車としての基本性能から各種武装や防衛装備のテストまで一気に終え、大はしゃぎで変形合体機能のテストに移る。

その様子は、コントロールルームで観察していたローリエが危機感を覚えるほどであり……、

「ねえ、宏君。ローリエちゃんから緊急の呼び出しが来たんだけど、いったい何作ったの？」

「持てる技術と権能と素材をつぎ込んで作った、ダイアズマー二号機のラピッドアズマーや。なんと、神の船と一緒にダイアズマーとグレート合体できんねん」

「多分聞くだけ無駄だと思うけど、それを作ってどうするの？」

「たまに動かして遊んでニヤニヤするだけやで？」

「……間違っても、不用意に地球とかに持ち出しちゃだめだよ？」

ローリエに呼び出された春菜によって釘を刺されることになるのであった。

☆

そして、結婚式当日。ウルス城門前。

「ラピッドアズマーのことを聞いたときには不安になったが、さすがにパレード用の列車は普通だったか……」

「まったく、列車がロボに変形とかグレート合体とかは定番だとはいえ、あれ見せられたときはいろいろ頭が痛くなったわよ……」

「さすがに、本番車両で悪ノリはせんで」

パレード用の車両を見た達也《たつや》と真琴が、宏にジト目を向けながらそうぼやく。

パレード用の車両は美しいデザインのオープン型車両だが、さすがにバリア関係以外では特別な機能はついていなかった。

なお、今後ウルスでも何らかの形で鉄道事業を進めたいという意思表明も兼ねて、今回は仮設のレールを城門から東西を貫く街道まで設置してパレード用車両を走らせており、パレードが終わればレールは撤去される予定である。

因みに、現在この場では詩織《しおり》と菫《すみれ》を含む日本人メンバーに加え、エアリスがともにパレードを見ている。

アルチェムはアランウェンからの指示で別行動であり、ファム達工房メンバーはジェーアンの工房を整えるついでにそちらで見るからと、これまた別行動である。

「……それにしても、二年ぶりぐらいにリーファ王女を見たけど、きれいになったよね……」

「……ん。レイオット殿下と並んでも、すごくバランスがいい……」

列車の中ほどに立ち、オクトガルが空から撒《ま》く祝福の花びらを浴びて幸せそうに手を振るリーファを見て、うっとりとした声でため息をつく春菜と澪。

性欲と一緒に焦る気持ちもどこかへ飛ばしてしまったが、それでもパレードはともかく花嫁衣装には憧れがある。

「そういえば、エル様は今回、儀式は行われなかったんですよね～？」

「はい。姫巫女の立場も正式に引き継ぎましたので、今回はそのお披露目を兼ねてエリーゼが担当しました。といってもさすがにまだ見習いにもなっていない年なので、いろいろと補助はしましたけど」

普通に参列者としてパレードを眺めているエアリスに対し、そんな質問をする詩織。

その横では三歳になった菫が、パレードを食い入るように見つめている。

結局、菫に関しては、地球とフェアクロ世界を行き来しても大丈夫だろうという判断になった。

その決め手となったのは、多数の精霊を常に連れ歩くようになってしまったことだったりする。

「で、師匠。あの車両には、本当に見た目どおりで変な仕掛けとかはしてない？」

「さすがに、予算やら素材の都合やらの関係で、防御関係と乗り心地以外は触ってへんで」

「本当に？」

「ほんまほんま」

宏の回答に対し、疑わしそうな目を向ける澪。

宏のことだから、防御関係という言い訳のもとに何か妙な機能を仕込んでいても不思議ではない。

「つちゅうか、なんか微妙に機嫌悪くないか？」

「ボクも参加したかった……」

「学校あったんやからしゃあないやん」

どうやら、今回のお召し列車に何一つ関わらせてもらえなかったことを思い出して、今更のようにむくれているらしい。

とはいえ、ラピッドアズマーはほぼ宏の権能だけで作ってしまったし、お召し列車の車台部分はファムとライムに課題として全面的に作らせることになっていた。

仮に澪が関わったとして、アイデアを出す以上のことはできなかっただろう。

「にしても、同じ日にウルスでパレードやってジェーアンでもって、なかなかにハードなスケジュールだよなあ」

「その結果、政治的な都合でジェーアンでの復路は省略されちゃったみたいだけどね」

「なるほどなあ。移動は転移魔法か？」

「そう聞いてる。ここでいったん往復したあと、お城に入った段階でジェーアンの東門駅に転移して、そのまままっすぐジェーアン城に入ってからもう一度車両ごとウルスに戻ってくる予定らしいよ」

達也の問いに対し、聞いていた内容を説明する春菜。

単に長距離転移をするだけならともかく、パレードの列車と人員をまとめてとなると、人間ではファーレーン王家ぐらいにしかできない荒業である。

「あ、アルチェムがやっとこっち来た」

「なんだかてこずってたよね」

「ん。……春姉《はるねえ》、ボク今、すごく嫌な予感が……」

「うん、私も気がついた。でも多分、手遅れかな？」

「この距離と角度と位置関係だと、多分ボクだけが巻き込まれる感じ……」

アランウェンの指示で別行動をとっていたアルチェムが合流しようとして、何かに躓《つまず》いたのを目撃してしまう澪と春菜。

その際の角度とモーションから、このあとの未来を正確に予想して、二人して遠い目をしてしまう。

その予想にたがわず、いつものようになぜそうなるのか意味不明な動きで大きく跳ね飛ばされ、きっちり澪だけを巻き込んでギリギリ地上波でモザイクなしが許される範囲で服がはだける。

「……ちょっと、身繕いしてくる」

「……行ってらっしゃい」

何やら達観した表情で、もう少しでポロリしそうなバストをうまく隠しながらアルチェムを助け起こしてそう告げる澪。

そのまま、少しでも目撃者を減らすために速やかに神の城に転移する。

さすがにこの晴れの日に、破廉恥なトラブルで水を差すわけにはいかない。

そんな春菜達の横では、達也と真琴、詩織の三人が今起こった出来事に触れないようにとパレードに視線を固定していた。

「殿下もなかなか結婚が決まらなかったけど、これで陛下も一安心ってところね」

「そうだね～。あとは、側室がどうとかいう話が出たとき、どうなるかかなあ？」

「前に話した感じ、そのあたりはあたし達と違って、あって当然って思ってる節があるわね」

「やっぱり？」

「ええ。結局のところ、血統魔法を引き継ぐ子供と姫巫女の資質を持った子供が生まれないと、レイオット殿下もリーファ王女も困るわけだし。血があまり濃くなりすぎないように側室と子供を持つのは、ある種義務みたいなところもあるしねえ」

以前、レイオットとリーファから聞いた話を、詩織に説明する真琴。

ファーレーンをはじめとするこちらの世界の王族が、どれだけ相続などで揉めようと一夫多妻制を維持する理由がこれである。

特にファーレーン王家の場合、血統魔法を発現した男子か姫巫女の資質を持つ女子からしか、血統魔法を受け継ぐ子供は生まれない。

その厄介な制約を考えると、正室の子供だけというのは非常に心もとない。

王位継承だけでなく国家の安全保障にも直結してくる問題なので、この件に限って言えば、個人の気持ちや信条はある程度無視せざるを得ないのだ。

「側室はなんとも言えないところだけど、子供についてはは心配しなくてもいいはずさ」

そんな真琴と詩織の会話に、一人の男性が割り込んでくる。

「あら、アヴィン殿下。お久しぶりです」

「ご無沙汰しています」

「久しぶりだね、マコト、タツヤ。そちらは？」

「私の妻の詩織と、娘の菫です」

「初めまして、香月《かづき》詩織です。お目にかかれて光栄です」

「なるほど、君が。レイオットの腹違いの兄で、ファルダニア王配のアヴィンだ。今日は女王の名代として息子と一緒に参列している。こっちは息子のアーサーだ」

数年ぶりに顔を合わせた真琴と達也相手に、アヴィンがあいさつと息子の紹介を済ませる。

その隣では、アーサーと菫が見つめ合いながらお互い首をかしげている。

「どうしたの、菫？」

「おうじさまってはじめて見るから、ちょっとふしぎだったの」

「そっか」

「アーサーは、何か気になることがあったのかい？」

「うまく言えないけど、わたしがしっているおんなのことちがう感じがしました」

「ふむ」

子供達の言葉に、困った表情を浮かべる詩織と面白そうに頷くアヴィン。

そのアヴィンの表情を見た達也が、そこに割って入る。

「親馬鹿発言でかつ早まっていることを承知のうえで申し上げますが、いろいろと差し障りがありますので、菫をこちらの誰かに嫁がせるつもりはありません」

「だろうね。アーサーがもっと大人になってから望むなら打診ぐらいはするけど、無理にというつもりはないから安心したまえ」

割と必死な感じの達也に、苦笑しながらそう告げるアヴィン。

これが息子の恋の芽生えなら多少は手助けをするのもやぶさかではないが、残念ながらどう見てもそういう感じではない。

「それで、なんとなく話が逸《そ》れている気がするけど、レイオット殿下が子供を授かるかどうかは心配いらない、というのはどういうことでしょうか？」

どうも妙な駆け引きが行われそうになっているのを見て、真琴が軌道修正を試みる。

その軌道修正に乗ることにしたアヴィンが、その疑問に答える。

「レイオットの結婚祝いに、私達にくれたのと同じ仕様の寝具を贈っているのだろう？　なら、一年後には最初の一人が生まれているだろうさ」

「あの寝具、そんなに効果がありましたか……」

「ああ、それはもうすごい効果だったよ。双子も四人授かったから機能を切っていたが、いろいろ不穏だからともう一人と思って機能をもう一度入れたら、その日のうちに授かったとしか思えないタイミングで妊娠が発覚したからね」

「それはまた……」

すさまじい効果に、思わず絶句する達也。

もはや百発百中と言っていいレベルだ。

「だからね、レイオットはまず問題ない。多分だけど、レドリックもなんだかんだで結婚相手と子供に恵まれそうだとは思っている。ただ……」

「……この流れだと、マーク殿下ですか？」

「そうそう。どうにもマークがね、叔父上と同じ状態になりそうでね……」

「あ～、そういえばファルダニアの先代王弟殿下は、アヴィン殿下が結婚するまで独身でしたっけ」

「さすがに、今は身を固めてくださったがね。叔父上の場合は王位継承権争いを避けるためだったから、その気になれば結婚するのは簡単だったけどね。マークはこう、優良物件なのにどうにもそういう縁が薄そうなのがね……」

「「「あ～……」」」

アヴィンの懸念に、達也と真琴だけでなく、あまり面識のない詩織まで同意の声を漏らす。

周囲の信頼も厚く、権限も財産も十分以上に持っていて、かつ継承権争いにも巻き込まれそうにない、割と美味《おい》しいポジションであるはずのマークなのだが、いまいち縁が薄い。

どうにも社畜的なところがあっていいようにこき使われているのが透けて見えるせいか、王家が良しとする基準を満たす女性からはいまいち結婚相手と見られていない空気がある。

どうやら、マスコット的な感覚で観賞したり、上司と部下や友人といった関係で付き合うにはいいが、結婚相手としては微妙という感じらしい。

何よりマークにとって逆風なのが、年の釣り合いが取れる女性には大体婚約者か伴侶がいて、現時点で相手がいない女性というと大体わけありだという点だろう。

カタリナの乱や電波少女の影響で女性が余りがちなのにこの状況、というのが非常に哀れである。

「年齢とか立場とかの条件だけを言うんやったら、リーファ王女はマー君の相手になってもらうんがちょうどよかったっぽいんやけどなあ」

「それはそれで、今度はレイオット殿下の婚約者が難しくなるんだよね、確か」

「そうですね。マークお兄様には申しわけありませんが、どちらの婚姻がより重要かというと、間違いなくレイオットお兄様ですし……」

ちょうどいいタイミングと見てか、アヴィン達の話を聞いていた宏と春菜、エアリスの三人が会話に参加してくる。

「政略的な要素がおっきいっちゅうても、リーファ王女は人気もんやな」

「そうですね。ただ、一緒に行動することが多かった私としては、ちゃんとレイオットお兄様がリーファ様のお心を受け入れて、今日という日を迎えてくださってほっとしています」

「なんか、一部始終を踏まえて考えてみると、王侯貴族の結婚にしては珍しく、何気にリーファ王女の意向が最優先されてるんだよね」

「そうですね。まあ、もともといくら政略結婚といえど、よほどの理由がない限り無理強いしても良い結果にならない、というのがファーレーンの常識でもありますから」

エアリスの言葉に、そりゃそうだと頷くしかない宏達。

ネット小説で一大ジャンルとなった婚約破棄ものも、究極的にはその一言で済む話である。

なお、ファーレーンの場合、よほどの理由というのは大抵の場合、どちらかの不貞が原因で離婚や破談となったケースにおいて、不貞を行った側が不貞相手と強制的に結婚させられるのが主なパターンである。

この場合は、当然ながら離婚は許されない。

それ以外では、たまに権力と財力を使って強引に囲い込もうとする事例があるが、そういうケースは大体うまくいかずに終わる。

「話ちょっと逸れたけど、マー君はやっぱり無理にでも相手探さなあかん？」

「多分、そうなるでしょうね」

「正直、礼儀作法だの知識だのは度外視して、さらに多少の好みの問題は妥協してでも探すことになるだろうね。もしくは、相手がその気になってくれるのであれば、という大前提のうえでだが、見習い前の、それこそヒロシが保護した頃のライムぐらいの年齢も考慮することになるだろう」

「……そういうヤバいこと、言わんといてくれるか？」

宏の疑問に答えたエアリスとアヴィンの、それも特にアヴィンの説明にグサッとくる宏。

厄介なことに、今でこそ多少年齢差が縮まっているものの、最初の年齢差としてはちょうど同じぐらいだったりする。

もはや手遅れ感があるとはいえ、それで成功されるとライムを止める手段がさらに一つ減るのは、宏的に非常に厳しい。

実のところ、ジノとエリーゼが似たような状況になっているのだが、この件に関してはどこまでも往生際の悪い宏は、基本的に考えないことにしている。

「アルフェミナ様でも確定した未来のことは分かりませんが、とりあえず現状はマークお兄様のお相手は簡単には見つからないことだけは確実ですね」

「ああ。因みに、アルフェミナ様がそのあたりについて何かご存じないかを、ちらっとエリーゼに聞いてみたのだがね。マークの場合、ほかのことはともかく結婚関係は、起こりうる未来のブレが大きすぎてなんとも言えない、という回答が返ってきたそうだよ」

「つまり、春菜さんの体質が絡んだときと同じような状態になっとるわけやな」

「そのあたりは、私ではよく分からない。ただ、何一つ言えないレベルでブレが大きいのはマークだけで、レドリックやエリーゼに関しては大体三つか四つのパターンに絞られているらしい。無論、ノイズになるから詳細は教えてもらえないそうだが」

割とどんでもない情報を、しれっとした態度でぶっこんでくるアヴィン。

エアリスが姫巫女の任を外れアルフェミナとのリンクも切れているからとはいえ、婿入りした関係でさほど縁がなかったはずの末の妹にそのあたりの聞き込みをするあたり、変なところで行動力のある男である。

「あの、それって、一応他国の王配になったアヴィン殿下に教えてしまって、エリーゼ様の立場は大丈夫なの……かな？」

「別に罰を受けるほどの内容でもありませんし、大丈夫だと思いますよ。恐らくですが、少しでもブレを抑えるために、アルフェミナ様からエリーゼに対して伝言の指示を出したのでしょうし」

アヴィンの行動に不安を覚えた春菜に対し、エアリスがフォローを入れる。

実際、エリーゼとて姫巫女として教育を受け、さらにはエアリス相手ほどではないといえどアルフェミナがちょくちょく神託を出してフォローしているのだ。

その状態で本当にダメなことをしてしまうほど愚かではない。

「そうそう。それと、レイオットから伝言」

「レイっちから？」

「ああ。今日はこのあと顔を合わせる余裕があるかどうか分からないから、話す機会があったら言っておいてくれって」

「なんやろう、すごい痛いとこ突かれそうな予感が……」

「それはどうか分からないけど、レイオットが結婚したんだから、エアリスの体面的にも澪の年齢問題が解決したら、可能な限り速やかに結婚だけでもしてくれって。因みに、その件についてはレイオットだけでなくアズマ同盟に参加している国の王家の総意だと思ってくれていいよ」

「……まあ、善処はするわ、善処は……」

「そんなに嫌なら、今からでも婚約を解消するかい？」

「結婚が嫌なんやないねん。そんな贅沢《ぜいたく》で罰当《ばちあ》たりなこと、今はかけらも考えてへんのよ。ただ、日本での手続きとかどないすればええんかとか、四人も美女侍《はべ》らせるんはエルの年齢的な体面とは別方向で世間体が悪くて面倒やとか、そのあたりがなあ……」

この期に及んで逃げ腰な宏に、剣呑《けんのん》な笑顔でとんでもないことをささやくアヴィン。

それに対して、宏にしては珍しく、今までとは違う種類の往生際の悪さを見せる。

「レイオット殿下やアヴィン殿下の考えてることも分かるけど、その件は現在、頼りになる先輩方と、どうするのが一番穏便に進むか検討中なので、もう少しそっとしておいてください」

「分かったよ。これ以上野暮《やぼ》は言わない」

春菜の反論に、苦笑しながら矛を収めるアヴィン。

言われるまでもなく、自分の言動が大きなお世話だということぐらい分かっているのだ。

「……ほんまに穏便に進む方法とか、あるんかなあ……」

春菜の言葉に、不安を隠しきれない表情でぼそっと呟く宏。

レイオットの結婚式は、宏達に己の結婚式は遅くても数年先でしかないことを、今更ながらにはっきりと認識させせることになるのであった。

第84話 なんっつうか、俺らも変わらねえなあ……

「みおちゃん、おめでとー！」

「ん、ありがとう」

春菜《はるな》達が長い賢者モードに入ってから、もうすぐ丸五年という時期の成人の日。

澪《みお》を迎えに来た達也《たつや》を追い越して、珍しく駄々をこねてついてきた菫《すみれ》がお祝いの言葉を告げる。

なお、詩織《しおり》は菫の三つ年下の弟と一緒に留守番だ。

「しかし、澪もとうとう成人式か……」

「ん、いろいろあった割には、結構あっという間だった」

あの頃と大差ないビジュアルの澪を前に、思わずしみじみとそんなことを漏らす達也。

澪も、達也の言葉につられたように今までを振り返る。

去年誕生日を迎えたときにも思ったが、時が経つのは案外あっという間だ。

因《ちなみ》みに、春菜達の日本では、成人年齢はいまだに二十歳のままだ。

というのも、二十歳から義務化されるあれこれの引き下げにことごとくシャレにならない反発が出て据え置かれ、変えるのが選挙権だけなら成人年齢を変えなくてもいいのではないか、となったのである。

特に抵抗が大きかったのが少年の基準、分かりやすく言うと犯罪を犯した際に匿名で報道されたり少年院に入ったりする年齢の上限引き下げで、法曹界をはじめとしたあちらこちらから多大な反発を受けて頓挫したのだ。

それ以外に、酒とタバコに関しても医学的な見地から、日本人の体質的に二十歳未満の摂取を規制したほうがいいという研究結果が公表されたのも大きい。

その流れで政治や選挙に関する早期教育は続けるものの、結局選挙権年齢の引き下げも見送られることになったのだ。

なので、澪はまだ選挙の投票は未体験である。

「……結局、身長は全然伸びなかった……」

「百四十八センチを超えそうになったところで、見事にピタッと止まったからなあ……」

「いろんな条件で調べてもらったけど、どうやっても残り〇・一センチが超えられなかった……」

「まあ、戻ってきた直後と比べれば五センチは伸びてんだし、な」

「そんなに伸びてない。多分四・七センチぐらい」

「あ～、すまん。そんなもんだったか」

ジト目での澪の指摘に対し、素直に謝る達也。

正直な話をすると、達也は戻ってきたときの身長を百四十二～三センチとしか覚えていなかったのだ。

因みに、現在の澪の身長は、特に条件を選ばなければ百四十七・七センチから百四十七・八センチを行き来するくらいで、一番いい条件で百四十七・九センチ。高校に入った時点であっさりファムに引き離され、三年前にはライムにも抜かれた。

戻ってきた当初、寝たきり状態で測ったときが百四十三センチプラスマイナス〇・一センチだったので、澪の言うとおり、最大で見ても五センチは伸びていないことになる。

もっとも、その差は〇・三センチ程度でしかないので、達也が五センチは伸びていると思ってしまうのも仕方がない。

この際、澪が細かすぎると言ってはいけない。たとえ見た目のうえで大差がなくても、本人にとっては切実なのだ。

なお、この〇・三センチという数字、実は高校の三年間で伸びた身長と全く同じだったりする。

「にしても、さすがにそういう服を着てると、それなりに大人っぽくは見えるようになったな」

「みおちゃん、すごくきれい」

フォーマルなスーツ姿の澪を見て、何やら感じ入ったように感想を告げる達也。

菫も、キラキラした目で澪を褒める。

「ん、ありがとう。でも、多分、知らない人が見たら二十歳過ぎてるとは思わない」

「まあ、少なくとも中学生に見られることはないさ」

澪のぼやきに苦笑しつつ、そんな慰めの言葉をかける達也。

さすがにボリュームもカップ値も春菜に及ばないとはいえ、身長やスレンダーな体格からすれば自己主張が激しすぎる胸部のおかげで、最近では小学生に間違われることはなくなってきた澪。

だが、雰囲気や表情こそ大人びて顔立ちの美しさにも磨きはかかっているものの、童顔具合は中学の頃とほぼ変化がないため、どんな服を着ていても大学生とは思ってもらえないのが最近のひそ

かな悩みである。

そのあたりを非常に気にしていた澪は、海南《かいなん》大学の合格が確定してすぐに運転免許を取っており、最初は教習所に通う予定だったのだが、住民票やマイナンバーカードを見せても取得可能年齢であることをすぐに信用してもらえなかったので、嫌気がさして宏《ひろし》達と同じ方法で取得した。

なお、試験場での実技の際、教習所と同じようにすぐには信用してもらえず、証人として主治医の天音《あまね》に付き合ってもらう必要があったことは、澪的にはその時の騒ぎとセットで忘れたい種類の思い出である。

そんな事情もあり、澪は免許こそ取得したものの車の運転をすることは滅多にない。

余談ながら、澪はこの手のことが起こるたびに身長が足りないせいだと言うが、実際には童顔と妙に子供っぽい雰囲気のほうが大きく影響しているのはここだけの話である。

「それで、菫。成人式はそれなりに時間かかるけど、その間どうするの？」

達也の車に乗り込み、シートベルトを手伝ってやりながら菫に問う澪。

この手の式典は基本的に参加者と来賓しか会場に入れず、入ったところで未就学児童には面白くもなんともない。

「あたらしい子を探すの」

「……そろそろ、十分じゃ？」

「今のままだと、バランスがちょっと悪いの。でも、近所にはちょうどバランスが取れる子がいなくて……」

冷や汗を浮かべながらの澪の言葉に、どことなく困ったようにそう返事をする菫。

現在、菫の周りには、百を超える精霊がひしめき合っている。

さすがにこれ以上はまずいことくらい、幼い菫といえども理解している。

だが、属性だの個性だのの相性によるバランスが微妙に取れていないため、このまま放置しておくと精霊達がストレスを溜《た》め込んで暴走しかねない。

実際のところ、菫の側には特にこれといった利益も不利益もないので、生まれてすぐに捕まえた精霊以外は解放してしまっても問題ない。

単純に義理人情の関係で精霊達の要望に応えているだけなのだが、半数以上はまだ寝返りもまともに打てない頃からの付き合いだ。

「菫。見える人には見えるから、注意する」

「うん、分かってる」

澪の本気の注意に対し、真剣な顔で頷《うなず》く菫。

関係者の啓蒙《けいもう》がよかったからか、菫は自分の周りにいる精霊が普通の人に見えないことも、見える人からは奇異の目で見られることも重々承知している。

さらに言えば、半径十メートル以内に桁が変わるほどの数の精霊が集まっていることなど異常でしかないことも、ちゃんと実感している。

しかし、これればかりは半ば体質の問題なので、本人がどうがんばったところでどうにもならない部分が多分にある。

「ヘイローも、菫のそばにずっといるつもりなら、負担にならないようにちゃんと追っ払う」

ついでだからと、ひときわ目立つ手のひらサイズの人型精霊に対し、そう苦言を呈す澪。

ヘイローと呼ばれた人型精霊は、菫が生まれてすぐに捕まえたあの精霊である。

最初はまりものような微妙な姿だったのだが、宏と春菜からの溢《あふ》れんばかりの祝福と菫から発散される多量の生命エネルギーを余すことなく浴び続けた結果、地球では珍しい人型のしっかりとした自我を持つ高位精霊に進化していた。

なお、名前の由来は舌ったらずな感じで単語をしゃべるようになった頃の菫が、そうとしか聞こえない呼び方で呼んでいたからである。

『澪、澪。菫の吸引力を甘く見ないで』

澪の苦言に対し、無茶言うなとばかりに反論してくるヘイロー。

どこぞの掃除機のごとく変わらない吸引力を誇る菫を、ヘイロー一人でどうにかしろというのは無理がありすぎるだろう。

「それはそうと、澪。式が終わったあとはどうすんだ？」

「凛《りん》達とちょっとだけ遊んで帰る」

「そうか。迎えに行ったほうがいいか？」

「歩いて帰るから大丈夫」

「本当に大丈夫か？」

その話はいつまで経っても終わらないと、達也が車を発進させながら割り込んで重要な話をする。

地方の体育館や市民会館などにありがちな話だが、成人式の会場は公共交通機関を使うと微妙に不便なところにある。

今回会場になる潮見《しおみ》総合体育館の場合、最大の原因が周辺道路の状況で、下手に施設の目の前にバス停を置くと横断歩道や信号の絡みで非常に危険なことになるため近くにバス停を置けないのである。

施設の広さに合わせたように駐車場自体は非常に広く、しかも自走式の立体駐車場になっているので駐車スペースが足りないということはまずないのだが、公共交通機関を使うとなると徒歩数分のところにある市役所のバス停か、二十分ほど歩いた先にある潮見駅かの二択となる。

その距離を歩く体力は一切心配していないが、どちらを使うにしても商店街や繁華街を通る都合上、目立つ外見の澪と凜が妙な連中に声をかけられないかという不安がどうしても拭《ぬぐ》いきれない。

「お昼を二中近くの商店街のレストランで食べて、それで解散だから問題ない」

「商店街まで戻るのか？」

「ん。各地の新成人限定ランチを比較して、商店街のが一番魅力的だった」

「なるほどな」

達也の確認に、そう答える澪。

澪の回答にほっとする達也を見て、珍しく澪が苦笑しているとはっきりと分かる表情を浮かべる。

達也の不安も分からなくはないが、一応何人か男子もいるし、昼食を食べたらそのまま自宅に帰る予定だ。

そもそも、澪達がホームグラウンドにしている商店街で、澪に手を出そうとする勇者《愚か者》はいない。

さらに言うならば、澪が懇意にしている人間は全員がカップルのリア充集団で、かつ貞操観念はしっかりしているので、自分の相手以外とやろうという不届き者はいない。

ゆえに、送りオオカミになる心配も特に必要はない。

「にしても、総一郎君《そういちろう》と凛ちゃんは予想してたが、他の連中も見事にくっついたよなあ」

「ん。バカップル呼ばわりされたくないからって、みんなして控えめにいちゃつこうとしてるのがすごく微笑《ほほえ》ましい」

「それを本気で言うあたり、ガチで賢者モードなんだな……」

「ん」

「その割には、エロゲやエロ漫画なんかに手を出すのはやめないところが不思議なんだが」

「性欲と好奇心は別問題。せっかく解禁される年齢になったんだから、きっちり堪能しないと」

達也の中で懸念事項が一つ解決したことにより、そんな益体《やくたい》もない話に話題が移る。

なお、香月家《かづき》では、子供をエロゲなどの話題から隔離することは諦めている。

これは澪の責任ではなく、精霊達が勝手にそういう話を吹き込むことが防げないという切実な問題からである。

なので、ガチガチに隔離するのではなく、澪おすすめの全年齢版などに軽く触れさせて興味を逸らしたうえで、小学校四年ぐらいになったら少しずつ解禁することを宣言している。

菫のほうもまだ早いことをちゃんと理解しているようで、そのことに文句は言わず、特に積極的に見たがったりもしていない。

そんな話をしているうちに、車は会場の潮見総合体育館に到着する。

「達兄《たつにい》、ありがとう」

「おう。気をつけて楽しんでこい」

「ん。菫も、変なの捕まえないよう気をつけて」

「はーい」

達也に礼を言い、菫に声をかけて車を降りる澪。

駐車場を出ると、先に到着していたらしい総一郎と凜が待っていた。

「おはよう」

「おう、おはよう」

「おはよう、澪ちゃん。そういう服着てると、やっぱり澪ちゃんってすごい美人だってしみじみ思うよ」

「だなあ。しかし、顔だけ見れば、和服のほうが今の服より似合いそうなんだけど……」

「もっときっちり胸潰《つぶ》す手段がないと、身長と胸的にボクの着物姿はかなり悲惨なことに……」

総一郎の言葉に自虐気味にそう返す澪。

体の凹凸《おうとつ》が少ないほうが映えるとされる和服の性質上、澪ほど凹凸が激しい女性はどうしても胸を潰したり胴まわりに布を巻いたりといった作業が必要となる。

これがせめて春菜のように身長がある女性ならまだましなのだが、澪の背丈だとそうやって補正するとやたら太って見えてしまう。

凹凸を活かしたタイプの晴れ着などもなくはないが、そっちだと澪の場合、今度は性的な方面で余計なトラブルをこれでもかというぐらい誘発するので、結局選択肢からは外れることになる。

残念ながら、何でもかんでも二次元キャラのようにはいかないのだ。

「そういえば、誰か着物着てくる？」

「何人か考えてたらしいんだけど、昼ご飯のこと考えてやめたって」

「レンタルの慣れない晴れ着でごちそうとか、大惨事の予感しかしないってさ」

「ん、納得」

凛と総一郎の説明に、それもそうかと頷く澪。

正装での食事というのは、慣れていないと気を使うことが多すぎて大変だ。

「あと念のために確認。二人は夜の部には来る？」

「うん、あたしは行くつもり。総君《そう》は？」

「俺も顔は出すよ」

宏や春菜のようないわゆる関係者で集まって行う飲み会についての確認に、笑顔でそう答える凛と総一郎。

三人揃《そろ》って無事に海南大学へ進学したと同時に、諸般の事情で凛と総一郎に対して宏達の事情を説明している。

なので、説明する必要ができた事情も含めて、総一郎と凛は完全に宏達の側の人間になっている。

「おっ、みんなもう集まってるな」

「まだ時間あるけど、早く行ったほうがいいかもね」

「ん」

高校や大学で作った友人がすでに集まっているのを見て、足を速める澪達。

その後の成人式と昼の部は、澪が関わったとは思えないほど平穏に進むのであった。

☆

「澪ちゃん、総一郎君、凜ちゃん、成人、おめでとう！　乾杯」

午後六時過ぎ。個人の店ばかりの商店街では珍しく昔から生き残っている全国チェーンの居酒屋。アズマ工房日本人メンバーにエアリス、アルチェム、詩織、総一郎、凜という大所帯が集まった一室。

引っ張る気ゼロの春菜の音頭で、澪の人生初の飲み会がスタートした。

達也と詩織が夫婦で来ているのに菫がいないのは、弟とともに水橋《みずはし》家で預かってもらっているからだ。

その水橋家にも詩織が二人目を生んだのと同じ年に男の子が生まれており、親戚同士仲良く走り回っている。

「それで、澪。人生初のビールはどう？」

「美味《おい》しいかどうかはよく分からないけど、ご飯食べるときに飲むなら、甘いジュースとかよりはいい」

「なるほどね」

ビールに対する澪の感想に、案外普通だと思いながら頷く真琴《まこと》。

澪のことだから、もっとぶっ飛んだ感想を口にするかと、少し期待していたのだ。

「澪ちゃんは結局、今日までお酒我慢してたんだっけ？」

「我慢してたというか、そこまでそそられなかった」

「そっか」

「あと、そっちの二人みたいに人数合わせで合コンに参加させられたりとかがなかったから、飲む機会もなかった」

総一郎と凛を見ながら、春菜の問いに答える澪。

どんな美人やイケメンでも、総合工学部に入った時点で外部からのお誘いが途絶えるのは、海南大学の伝統のようなものである。

大体において、澪が入ったことにより宏と春菜のやらかし頻度と処理速度が上がっている現状、論文と学会と出張実験のはしごで総合工学部は忙殺されている。

とてもではないが、チャラい飲み会に参加する余裕などない。

「っちゅうか、山手《やまて》も大友《おおとも》も、そういうのに巻き込まれてよう無事やったなあ。特に大友」

「彼氏いるのにレポートを盾に無理やり引きずり込まれたって、一番最初に宣言するようにしてますから」

「俺もそんな感じですかね」

澪の話を聞いた宏の感想に対し、どんな対処方法をとっているか説明する凛と総一郎。

言うまでもないことかもしれないが、凛と総一郎はとうの昔にカップルになっており、宏達と違って大学進学の頃には一線を越えている。

恐らく就職が決まって経済的に安定すれば、そのまま結婚まで一直線に進むだろうというのは、この二人を見守る周囲の意見が一致するところである。

「そういや、彼氏といえば真琴、滝沢《たきざわ》とはどうなったんだ?」

「照れ隠しでも何でもなく、特にどうもなってないわねえ……」

「あれは師匠とは別方向のヘタレ。アシスタントとしては評価するけど、真琴姉《まことねえ》を任せるには根性が足りない」

「そうねえ。なんというか、半端すぎてそういう雰囲気になりようがないのよね」

達也に問われ、真琴のアシスタントに収まった滝沢悠馬《ゆうま》についてそんな評価を下す真琴と澪。

一応好意は伝えてくるもののやり口が生ぬるく、また踏み込みも足りないためどうにも進展がないのだ。

ここからどうなるかは悠馬次第だが、なし崩しに夫婦になることだけはないだろう。

「そういえば達也さん。今日澪を送ってきたとき、菫ちゃん連れてきてたでしょう」

「おかげで澪ちゃん来たのすぐ分かったけど、駐車場がすごいことになってましたよ」

ひとしきり合コンや飲み会、彼氏彼女の話で盛り上がったあと、成人式の時には話題にできなかったことをネタにする総一郎と凜。

そう、これこそが総一郎と凜に宏達の事情を説明することになった原因である。

なお、二人が幽霊や精霊といった見えてはいけない類《たぐい》のものが見えるようになったのは、高校二年の二月のことである。

「あれでも一応本人は自重しようと努力はしてるんだけどなあ……」

「スミレさんのそういう部分に関しましては、恐らく生まれたときにすでに手遅れだったのではないかと思います」

苦笑交じりにそう弁解した達也に対し、ワインを上品に傾けていたエアリスがそんな厳しい事実を突きつける。

なお、正確にはまだ二十歳になっていないエアリスだが、現在の日本の法律では日本国籍ではない人物の飲酒可能年齢は出身国の法に従う、ということになっている。

なので、十五で飲酒が解禁されるファーレーン人として滞在しているエアリスは、実は澪が中学を卒業した時点ですでに飲酒可能となっていたりする。

ビジュアル的にはエアリスより澪のほうがよほど法律違反しているように見えるが、こちらはちゃんと免許証を提示して二十歳を過ぎていることを証明しているので、店が酒の提供を拒むことはない。

「エルちゃんやアルチェムちゃんは、ずっと巫女《みこ》をやってきてるんだよね。菫になにかアドバイスできないかな～？」

「そう申しましても、私達の持つ巫女の資質と、スミレさんが持っている精霊を引きつける体質は全く違うものですので……」

「究極的には、自力で何とかしたいなら修行あるのみで、誰かの手を借りるならヒロシさんが何かを作るしかないと思います」

「ただ、修行といっても、どんなことをすればいいのかが全然分かりませんが……」

詩織に問われ、正直なところを説明するエアリスとアルチェム。

ぱっと見は同じ交渉系の能力に見えるが、巫女の資質が通訳や意思伝達の類なのに対し、菫のものは言ってしまえば魅了だ。

さすがにこれをひとくくりにするのは無理がある。

「菫ちゃんに関しては、何をするにしても小学校に上がってからかな」

「せやなあ。あいつら、人間の集団生活っちゅうんをいまいちよう分かってへん感じやし」

エアリスとアルチェムの言葉を受けて、そう結論を出す春菜。

春菜の言葉に同意し、現状の問題点を口にする宏。

結局のところ、菫自身も含めた全員が人間社会の常識を理解していないことが、今の問題を起こす原因となっている。

これぱかりは全部が全部普遍的なものでもなく、時代や地域によって大きく変わる部分も多々あるので、経験して学ぶしかない。

そもそもの話、未就学児にそのあたりの社会性をそこまで深く求めること自体が酷だろう。

「普通に小学校に通わせて、その様子見て指導教官らと相談やな」

「そうだね。で、宏君も澪ちゃんもグラス空いてるけど、何か飲む？」

「せやなあ。……ウイスキーのダブルいっとこか」

「ボクはウーロンハイ」

「了解。私は……、エルちゃんに合わせて赤ワインにしておこうか」

話を変えるついでに、飲み放題のメニューを見ながら次の酒を頼む春菜。達也と真琴の分は最初の料理が来たところですでに二杯目が届いているため、今回は特に注文しない。

もっとも、しょせんは居酒屋チェーンの飲み放題メニューなので、種類はいろいろあっても基本的に銘柄の指定はできない。

店によっては日本酒や焼酎に力を入れているから、などの理由である程度選択肢があるケースもあるが、この系列は広く浅くなので、種類と飲み口でのざっくりした分類しかない。

「料理、もうちょっと頼んでおいたほうがよかったかな？」

「コースじゃねえからか、案外出てくるの遅いんだよなあ」

突き出しに枝豆にサラダ、おすすめ前菜盛り合わせと、早い段階で出てきた料理がすべて空になったところで、困ったようにそう言う春菜と達也。

全部サイズ大を二つ以上頼んでいたのだが、ビールの影響か普段より澪の食事ペースが早かったのだ。

もともと澪が大部分を食べる前提で、全員が欲しいだけ取ったあとなので食べつくされても問題はないのだが、さすがにこのペースは計算外だった。

「どうせ足りないだろうし、追加で適当に頼もう。澪ちゃんは何が食べたい？」

「代表的なのは頼んでたから……、あっ、山芋のホイル焼き、美味しそう」

「じゃあ、それと野菜の炊き合わせと……、あっ、牛スジの煮込みなんてあったんだ。じゃあ、これもかな？」

澪の要望に加えて思いつきでいろいろ足して注文ボタンを押す春菜。

メニューの豊富さを売りにしているだけあって、普段なら即座に食いつくようなメニューが結構埋もれてしまっているようだ。

注文関連を完全にコンピューター処理にした際に、妙に凝ったページ構成にした弊害であろう。

「お待たせしました。唐揚《からあ》げと焼き鳥十本盛り合わせ、チキン南蛮をお持ちしました」

次の料理を注文したタイミングで、鶏肉の部と言いたくなるメニューがやってくる。

空いた皿との入れ替えが終わったころに、別の店員が追加の酒を持ってくる。

「……これが、水のように薄いこともあると伝説の、チェーン店飲み放題のウーロンハイ……」

「いやいやいや！　よっぽど悪質な店でもないと、普通はそこまで薄いウーロンハイは出てこないからな！」

店員に聞かれるとアウトなことを言いだす澪に、大慌てでツッコミを入れる達也。

そもそも、詐欺のような酒を出すかどうかはチェーン店かどうかではなく、個々の店の体質によるものだ。

さすがにチェーン店の飲み放題でひとくくりにするのは、乱暴にもほどがある。

もっとも、酎ハイや水割りは親会社というよりは店のブランドごとに、飲みやすさを重視とかアルコールをしっかり感じられる重めの仕上がりにとか、そういったテーマに沿った形で酒の割合の違いはあるようなので、そのあたりが誇張されてネタにされている可能性は否定できないが。

「……普通にお酒」

「いや、そりゃそうよね」

「ウーロンハイ初体験だから、薄いかどうかは分からない」

「ここのはごく普通に標準ど真ん中って感じよ」

「……むう」

「普通のまっとうなウーロンハイが出てきてそういう反応すんの、あんたぐらいよ……」

澪が見せた反応に、呆《あき》れた表情で突っ込みを入れまくる真琴。

もっとも、ビールの時と違って実に澪らしい言動なので、内心ではこういうのが欲しかったと満足していたりするのだが。

「……むう、唐揚げも妙に本格派……」

「澪はいったい何を求めてるんだよ……」

普通にちゃんとした味の唐揚げに、さらに妙な文句をつける澪。

それに対し、今度は総一郎が突っ込みを入れる。

「セントラルキッチンでのコストダウンに走りすぎて、コンビニのホットスナックよりレベルが低い感じの冷凍食品丸出しの唐揚げが出てくるのを期待してた」

「澪ちゃんがこういう居酒屋にどんなイメージを持ってるのか、すごく気になる……」

「ひたすら値段を追求した結果、全体的にチープになりすぎてかえって割高になった感じの店」

「最近、そんな店はないよ……」

いったいどこからそんなイメージを拾ってきたのかとツッコミを入れたくなる澪の言葉に、疲れたような表情で反応する凛。

それを聞いていたエアリスとアルチェムが、メニューを見ながら首をかしげる。

「あまり日本の物価は分かりませんが、ここのお店って高くはありませんよね？」

「えっと、百円のメニューもあるので、多分安いほうなんじゃないかな、と」

「百円台のメニューがどんなものかは頼んでみないと想像もできませんが、ファストフード以外で百円で頼める食べ物があるとこって、少なかった気がします」

「ですよね。あっ、エル様、グラス空いたみたいですが、何か飲みますか？」

「そうですね……なんだか不思議な名前の飲み物があるので、これにしてみます」

「えっと……、このパワフルチャージハイボール、でいいんですか？」

「はい」

メニューを見ていて発見した謎のドリンクに、チャレンジャー気質のエアリスが食いつく。ものとしては居酒屋でたまに見かける、炭酸の入った清涼飲料水系の栄養ドリンクで作るハイボールなのだが、大抵は知らなければどんなものか直感的に想像できない名前がつけられている。

そういう代物なので、そもそも栄養ドリンクの味自体が万人受けしないこともあり、味のほうは完全に好き好きといった感じだ。

「毎度のことながら、変わった飲みもん見たらすぐ食いつくなあ……」

「それ、前にメッ○ールを仕込んだ宏君が言うことじゃないよね」

味覚のストライクゾーンが驚異的に広いエアリスを見て、呆れたように言う宏。

そんな宏に対し、春菜が即座に突っ込む。

「師匠、春姉《はるねえ》。見てると結構変なメニュー、いっぱいある」

「変わり種のページだったら、そりゃ変なものがいっぱいあるのは……、って、定番とかにも初めて聞くものがあるよ……」

「ほんまやな……」

澪に水を向けられ、メニューを再チェックする宏と春菜。

そのつもりでチェックしてみると、名前や写真ではどんなものか一切分からないメニューが、あちらこちらにトラップのように仕込まれているのがすぐに分かった。

「どうする？　頼んでみる？」

「僕とか澪が食えそうにないもんやったら、春菜さんが責任もって処理してや」

「まあ、そうなるよね。となると、現時点では頼んで二品までかな？」

「せやな。どうせ二品やったら、できるだけ意味不明な感じのんからいくか？」

「そうだね。何かのヒントになるかもしれないから、そうしようか」

そう言って、名前からも写真からも正体がつかめないものをエアリス達や総一郎と凛も交えて順位づけし、一位と二位を注文する。

「なんつうか、俺らも変わらねえなあ……」

「そうねえ……」

いつの間にやら澪に半分食いつくされている唐揚げやチキン南蛮と、正体不明のメニューで盛り上がっている春菜達を見て、そんなおっさんくさいことを言い出す達也。

その達也の言葉に同意する真琴。

日本に帰ってきてから八年だというのに、澪が学校生活に適応できたこと以外は帰ってきた当初と何一つ変わっていない。

「俺ら年長組はもう三十過ぎてるし、澪ですら二十歳だってのに、いまだに全くノリが変わらなくて、大丈夫なのかね……？」

「あたしは他人のこと何も言えないから、ノーコメントで」

「タッちゃんも夜に関しては～、割とどの口が言ってるのかって感じだよ～」

さらにおっさんくさいことを言い出した達也に対し、酒が回ってきた詩織の言葉がザクッと刺さる。

節目となるはずの澪の成人式だが、澪がお酒デビューを果たしたこと以外、何が変わるでもないのであった。

☆

「みんな結構飲んどったけど、大丈夫か？」

飲み会が終わり、藤堂《とうどう》家へと向かう帰り道。

明らかに酔っぱらっている澪とエアリスを見て、そんなことを確認する宏。

総一郎と凜は別方向のため宏達と別れており、達也と詩織は子供達を回収するため水橋家へ。真琴は終わったタイミングで同人仲間に誘われてはしご酒。

現在は宏の婚約者だけが一緒に行動している。

「ん……。自分でも分かるぐらいテンション上がってるから、大丈夫かどうかは分からない」

「一応記憶はしっかりしていますので、これ以上飲まなければ大丈夫かな、と……」

いつものダウナー気味の口調で自己申告する澪と、なんとなくふわふわした感じで不安になることを言い出すエアリス。

この感じでは、特に問題ないように見えるアルチェムも、実際には結構怪しいかもしれない。

「澪ちゃんが酔っぱらってるのってすごく新鮮」

「まあ、今日が初飲酒やからなあ……」

千鳥足というわけではないが、どことなく地に足がついていない感じの澪を見てそんな話をする春菜と宏。

普段から素人にはついていけないことを言いまくり、たまに本気で会話が成立しないことがある澪だが、素面《しらふ》の時と酒が入った状態では、やはりいろいろ違うようだ。

宏としては正直、五年前にみんなして賢者モードに入っていてよかった、などという身も蓋《ふた》もない感想を禁じ得ないところである。

もし五年前の件がなければ、澪あたりが酔った勢いで宏を襲って事後に後悔する、という流れになった可能性が否定できない。

「そういえば、ヒロシさんとハルナさんはあまり酔っているように見えませんね」

「そらまあ、僕は毒物が効かんからな。アルコールも影響は出んで」

「私は、今日はそんなに飲んでないから」

若干テンションが高めの口調でそんな疑問を口にしたアルチェムに対し、そう答える宏と春菜。

もっとも、春菜に関しては澪やエアリスほど飲んでいないというだけで、そんなに飲んでいないと言い切れるような量では済んでいないのだが。

「ねえ、宏君」

「ん？」

「私、藤堂春菜は、あなたが好きです。愛しています」

そろそろ藤堂家が見えるというところで、唐突に宏へ愛の告白を始める春菜。

そのあまりの唐突さに、襲われることだけはなさそうだと油断していた宏はとっさに反応できない。

もうすでに婚約も成立している男女のやることとしては微妙な内容だったのも、宏の油断を誘っていたのは間違いない。

「もう、今日からは遠慮なくアタックしてもいいよね？」

宏が、どころか澪もエアリスもアルチェムも驚きのあまり硬直していることに一切頓着せず、そんな宣言をして宏に抱きつき、そっと頬《ほお》にキスをする春菜。

いくら賢者モードに入っていても、このぐらいのアプローチは可能なのである。

いや、むしろ賢者モードに入っていて性欲が片っ端から愛情に変換されているからこそ、宏のヘタレがうつって腰が引けまくっている春菜が覚悟を決められたのだ。

宏が安堵《あんど》していたように、賢者モードに入っていなければ性欲に振り回されて一足飛びに押し倒そうとして何か失敗してへこむ、という最悪の流れに入っていた可能性は否定できない。

そんな不意打ちもいいところな一連の流れのなか、最初に立ち直ったのはエアリスであった。

「ハルナ様、そういう抜け駆けはずるいです」

「うん。だから、エルちゃん達も、ね」

「それはもちろんやらせてもらうけど、春姉」

「何？」

「そこまでやるのに、ほっぺに逃げるのはヘタレすぎだと思う」

「あはは……、不意打ちすぎて悪いかなって、つい……」

「あと、ハルナさん。遠慮なくも何も、前々から割と普通に駄々《だだ》洩《も》れ的な感じのアタックはしてたような……」

口づけにより完全に頭が真っ白になっている宏を前に、そんな姦《かしま》しい会話をする春菜達。

こうして宏達の関係は、ようやく本当の意味でのスタートラインに立ったのであった。

第85話 その御心のままに、夫婦となったことをお示しくださいませ

「全員で入籍っていうのは、どうにもならない感じだね」

澪《みお》の成人式から二年後。綾羽乃宮《あやはのみや》邸の一室。

春菜《はるな》から結婚についての相談を受けた美優《みゆ》が、いろいろな資料を提示しながらきっぱりそう言い切る。

「やっぱりそうだよね……」

「そもそもの話、エアリス様とアルチェムさんは、地球上のどこにも国籍がないからね。一応いろいろ特例は適用してもらってるけど、仮に重婚の問題がなかったとしても、結婚となるとなかなか面倒なことになりそうでね」

「やろうとすると、相当グレーなところを突く感じに？」

「そうなるね。正直な意見を言っていいなら、メリットとデメリット、手間なんかを比較して考えるなら、別に法的な婚姻にこだわらなくてもいいと思うよ。一応収入に対する控除とかいろいろ優遇措置はあるけど、多分春菜ちゃんはどれも受けられないだろうし」

「まあ、そうなんだけど、一応お墨付きがあるのとないのとでは、気分的に違うんじゃないかなあって」

「そこは人それぞれかな。ただまあ、今時入籍せずに事実婚っていうのは珍しくないからねえ」

どことなく不満というか不安そうな春菜に対し、そんな毒にも薬にもならないことを告げる美優。

基本的にメリットのほうが多いのが法的な結婚制度ではあるが、優遇措置を受けるための制約事項をはじめとした、細々《こまごま》としたわずらわしさがあるのも事実だ。

ゆえに、宏《ひろし》達のように元から制度を利用するのに不適格となる事情を抱えている人間以外でも、婚姻届を出さずに事実婚で済ませている者はそれなりにいる。

さらに言うなれば、宏達の場合は収入が多すぎて配偶者控除は受けられず、恐らく百年は子供が生まれず、どころか子づくりにすら至れないだろうから子供の相続関係も無縁だろう。

いずれ死んだことにして財産やらなにやらの処理を小細工する必要があるだろうが、それも結局は入籍していようがいまいが関係ない。

なので、本当に気分だけの問題となる。

「どうしても入籍したいんだったら誰か一人だけになるけど、一応誰かは婚姻届出しておく？」

「それはそれで、他の三人が後ろ指をさされたりとか面倒なことになりそうなのが……」

「日本でハーレムやってる時点で、どっちにしても後ろ指はさされるんじゃない？」

「籍を入れた一人以外は浮気してるみたいな感じになるから、それなら全員同じように見られたほうがましだと思う」

「じゃあ、法的な結婚は諦めてね。いくら東君《あずま》と春菜ちゃん、澪ちゃんが天音《あまね》ちゃんの後継者として優遇と囲い込みを受けてても、さすがに結婚制度をどうこうするのは無理だろうし」

「うん。気分だけの問題だから、素直に諦めるよ。冷静になって考えたら、意味がある期間は長くても百年ないぐらいだし」

美優の指摘に対し、他の三人との関係を考え、宏との入籍をすっぱり諦める春菜。

そのまま、より実務的な問題と向き合う。

「OK、この問題はそれでおしまい。あとは、式をどのくらいの規模でやるかと会場をどうするか、マスコミ対策をどうするか、あたりだよね」

「結婚式そのものは、多分神の城で直接の関係者だけを集めてやることになると思う。だから、考えるべきは披露宴的なパーティをどうするか、かな？」

「神の城で結婚式やるのはいいとして、関係者ってどのぐらいまで呼んで大丈夫なの？」

「人数的な意味なら何百万人でもいけるけど、神化とかそういう基準で言うと天音おばさんが限界。関係者としての線引きは家族と神の城のことを知ってる友達までかな」

「友達に関して、具体的には？」

「蓉子《ようこ》達とか総一郎《そういちろう》君、凛《りん》ちゃんまでは大丈夫。ただ、深雪《みゆき》とかカズ君の友達はアウトだし、私や真琴《まこと》さんなんかの友達でも大学に入ってからの人は基本アウト。ついでに言うと、いくら仲良くてもここの使用人の人達は当然除外」

「了解。披露宴のほうは？」

「悩ましいところなんだよね。私達の関係を知ってて、それを祝福してくれる人でないと駄目なんだけど、そういう人って神の城に呼ぶ人とほぼ同じだし」

「だろうねえ」

披露宴の招待客について検討をしたところで壁にぶち当たる美優と春菜。

なんだかんだで交友関係自体は広い春菜だが、何気に結婚式に呼べるほどとなると思ったほどの人数がいない。

親戚関係も呼べるのは小川《おがわ》家と綾瀬《あやせ》家の人達くらいで、父方の親戚は宏のことについていろいろあって、現在没交渉となっている。

澪の場合はもう少しましだが、そもそも宏や春菜と面識がある親戚など達也《たつや》しかいないので、披露宴に呼べる相手となると難しい。

これについては逆も真なりで、達也も宏達と面識がある親戚など澪しかいない。

真琴に至っては、そもそも親戚を呼ぶという話になるポジションではない。

「あっ、でも、披露宴で神の城を使わないなら、真琴さんの漫研時代の友人関係は呼べそうかも。宏君がやっかまれた程度で、四人で一人を囲うことに関してはむしろ肯定的だったし」

「その辺の人は、会場をどこにするかによるね。ここの大広間を使うんだったら、綾羽乃宮家のチェックが入るから、その結果次第では招待できない人も出てくるし」

「そこが問題なんだよね。マスコミ関係とか変なところからの横槍《よこやり》とかを防ぐ意味では、ここ以上に条件がいい会場ってないんだけど……」

「むしろ、そのあたりの問題があるから、入る許可を出すチェックが厳しいんだよ」

「うん、知ってる」

美優に言われ、素直に頷《うなず》く春菜。

なんだかんだで要人が暮らすこともある建物であり、いろんな機密が存在している場所でもあるので、出入りする人間の基準が厳しくなるのは当然だろう。

「ここを使わない場合、他に使える会場ってどこがあったかなあ？」

「綾羽乃宮系列のホテルか、私とか天音ちゃん、春菜ちゃんの自宅ぐらいだね。どれも、ここほどは警備も防諜《ぼうちょう》もしっかりしてないから、マスコミにやられる可能性はあるよ」

人を確実に招待するために、他の会場について検討を始める春菜と美優。

なお、費用については度外視だが、仮に億単位の金がかかる派手婚になっても問題はない。

すでに春菜達もそれぐらいは稼いでいるし、そもそも天音や美優、雪菜《ゆきな》、未来《みらい》といった一億二億ははした金という稼ぎ方をしている親世代がバックについている。

因《ちな》みに、綾羽乃宮邸の大広間を使う場合、基本的に会場代も料理その他の費用もタダとなる。

親戚同然の間柄だからというのもあるが、たまにしか開かない大広間を使う規模のパーティの訓練になるのでお金を払ってでもメリットがあるのだ。

「さすがに式そのものもまだ先だから、今のうちに招待しても大丈夫な人のピックアップをしてから考えたほうがいいかも？」

いろいろ書き出してチェックし、結局その結論に至る美優。

会場を決めるのに、どうしてもそこがネックになるのだ。

「でも、こうやって確認してみると、私達って交友関係のほとんどが達也さんと真琴さんに偏ってるよね……」

「まあ、普通は招待状出すほどの相手って家族親族職場の関係者を除けば、多くて新郎新婦それぞれ十人ぐらいっていうのが相場だし」

「そんなものかな？」

「普通そんなものだよ。私だって、仕事や血縁を除いてぱっと思いつく顔なんて五人ぐらいだし」

交友関係の狭さを嘆く春菜に対し、普通はそんなものだと告げる美優。

実際問題、披露宴の参加者を見ると、普通一番比率が高くなるのが親兄弟や親戚である。

結婚時点で両家ともに両親や祖父母が健在で全員参加なら、それだけで十二人になる。

さらに親の兄弟がいて関係が悪くないのであれば、本人だけでなくその家族も呼ぶのが一般的だろう。

こうやって計算していくと、家族親族だけであっという間に二十人三十人の規模になる。

逆に、学生結婚でもなければ人間関係の大半が親戚か職場関係になるのが普通で、それ以外での友人関係は大抵、学校を卒業し就職した時点で徐々に疎遠になり縁が切れるものだ。

なので、親戚でも職場関係でもなく呼べる相手が二桁に届けば、かなり多いほうだと言えよう。

その観点から言うと、春菜達は人数的にはちょっと少ない程度で、極端に交流が狭いというほどでもない。

ただ、立場上だいたい一緒に行動することが多いため、人間関係がかぶっているのが問題といえば問題だろう。

「そういや、美優おばさんの時はどうしたの？」

「私の場合、一応相手がトップクラスの芸能人だったから、そりゃあもう、派手な結婚式をせざるを得なかったよ。マスコミ関係者をハブるのも無理だから、当然ここは使えなかったしね」

「ああ、そりゃそうなるか」

「てかね、みっちゃんを含む私達に関しては、天音ちゃん以外全員ブレスのメンバーと結婚してるからね。みっちゃんだけは立場上ここを使わない選択肢がなかったから、綾羽乃宮の名前で強引に人を絞ったけど、ね。私と雪菜ちゃんは系列の一番いいホテルの一番大きな会場を使って、そりゃあもうそうそうたるメンバーを招待して派手にやったよ」

昔を思い出して、遠い目をしながら春菜に教える美優。

美優は二十六歳の時に結婚しているが、その時点ですでに綾羽乃宮商事の役員にまで出世していた。

そのため、綾羽乃宮商事の面子《メンツ》というものも絡んで、それはもう派手な結婚式と披露宴を行わざるを得なくなったのである。

雪菜に関してはトップレベルの芸能人同士の結婚なので、派手婚になるのは必然であろう。

「つまり、結婚式関係に関しては、私に立場が近いのは天音おばさんだけ？」

「だね。まあ、天音ちゃんだって神だのなんだのは絡まなかったし。そもそも重婚になるから式だけ挙げて事実婚っていうのは、今回が初めてだからね」

「うっ……」

美優に突っ込まれた事実に、思わずうめいてしまう春菜。

自分達でそうなるように囲い込んだくせに、そこを突っ込まれると言葉に詰まってしまうあたりはなかなか身勝手な話だろう。

「とりあえず、どう転ぶにしても大人数呼んでの派手婚だけはないってことでいいかな？」

「うん。私達の場合、職場関係者ってほぼ自分達だけだし、取引も安永《やすなが》さんと竹中《たけなか》牧場と綾羽乃宮だし」

「弁護士の佐武《さたけ》さんと司法書士の三原《みはら》さん、税理士の飯田《いいだ》さんは？」

「私の中ではどっちかっていうと、綾羽乃宮関係になってたよ」

「一応所属はアズマ工房なんだから、会社員扱いにしておこうね。特に飯田さんは経理もやってくれてるんだし」

「そうだね。佐武さんと三原さんはともかく、飯田さんはしょっちゅう顔合わせて相談してるんだから、社員枠にしないとね」

「うわあ、三原さんかわいそう……」

春菜の中で社員枠に切り替わりそうにない三原に対し、思わず同情してしまう美優。

実のところ、先に挙げた三人の中で一番こき使われているのは、特許を担当している三原なのだが、出願の時ぐらいしか顔を合わせないものだから、いまいち意識に上りづらいのだ。

なお、弁護士の佐武はそもそもいざというときの保険のようなものなので、仕事が少なくて影が薄いというのは平和な証拠だろう。

因みに、佐武は四十代半ばの男性、三原と飯田は三十代の女性で、全員既婚者だ。

「ただまあ、佐武さんはともかく、三原さんと飯田さんは披露宴には呼んでも大丈夫そうなんだよね。神の城とかについては知らないんだけど、私と澪ちゃんが一緒に宏君とイチャイチャしてても微笑《ほほえ》ましそうに見てるだけだし」

「そっちは私も確認したよ。入籍が無理なのはしょうがないにしても、いい加減事実婚ぐらいは成立させろって常々言ってたし」

「同居してるし朝と晩は一緒にご飯食べてるから、事実婚自体は成立してるんだけど……」

「いや、春菜ちゃん達の場合、式の一つも挙げないと、特に東君の意識が夫婦だって形に切り替わらないでしょ？」

「……うん、否定はしない」

美優に指摘され、困った顔で頷く春菜。

結局のところ、わざわざ結婚式を行う理由は宏の意識を切り替えることと、エアリスの体面的にファーレーンでは絶対に挙式しなければならなかったという、その二点だけだ。

なので、実のところ日本で挙式をする必要は特にないのだが、ファーレーンに行けない保護者や友人一同がそれはないと反発したため、それならばと日本での結婚式関係をどうするかを検討しているのだ。

「何にしても、結婚式はそっちの基準で呼べる人に連絡入れればいいとして、披露宴の招待客に関しては今日のところは呼びたい人をピックアップして、綾羽乃宮邸に呼べるかどうか調査してもらうところまでだね」

「そうだね」

なんとなく不毛になってきたので、話を切り上げる美優と春菜。

ここで切り上げないと、話がループして終わらなくなる気配が漂っている。

「招待客はもうそれでいいとして、料理とかお酒はアズマ工房の食品部門が総力を挙げる感じでいいのかな？」

「そうなると思う。表に出してないものもいっぱいあるから、何を使っても大丈夫かはおばさん達の判断になるけど」

「そこはまかせて。それにしても、食品関係はいろいろできたよね。さすがに魚介まで手を伸ばすとは思ってなかったけど」

「うん、私も思ってなかった。というか、あの酵母、年々意味が分からなくなってくよね」

「深く考えちゃ負けだよ、春菜ちゃん」

怪しげな結果を出しまくった酵母関係の各種食品を思い浮かべ、遠い目をしてしまう春菜。

それに対し、自身の経験からそうアドバイスする美優。

この件に関しては、ジャンルこそ違えど天音も大概いろいろやらかしている。

美優が二十代を折り返したぐらいで役員になったのも、天音の作るあれこれをまともに差配できるのが美優しかいなかったため、強めの権限を与えないと回らなかったからである。

「でもさあ、春菜ちゃん。実際のところは酵母以上に、畑のほうが意味分かんないことになってるよね？」

「言わないで……」

「いい加減諦めて、そろそろ米と麦にも手を出したら？」

「いや、本気で怖いから勘弁して……」

美優に要求されて、死んだ目で必死に拒否する春菜。

春菜の畑からはこれまでに、実に多種多様な新品種が生まれている。

そのいずれもが味がよく高い栄養価を持ちながら収穫量が多く、形や大きさが揃《そろ》いやすくてかつ異常なまでに病害虫に強いという特徴を持っている。

何より、F1種と違い収穫した種からちゃんと同じ野菜ができるため、農家が自分のところで採種して植えるという選択が取れる。

さすがに利権に対しての影響が大きすぎるために、トウモロコシをはじめとしたいくつかの作物は種の流通に妨害を受け潰《つぶ》されそうになったのだが、なぜか潰そうとしてきた会社にいろいろ不幸が起こった結果、今では全世界の数パーセント程度ではあるがきっちりシェアを取れるぐらいには売れている。

因みに、不幸が起こったというのは暗闘の結果とかそういう暗喩ではなく、正真正銘の不幸である。

それがあるから、春菜としては特に麦には手を出したくないのだ。

「まあ、私としては無理強いしないけど、ぶっちゃけ時間の問題じゃない？」

「それでできるのが面白野菜の系統だったらまだいいんだけど、ね。普通のスイートコーンの系譜で上位互換みたいなのができたトウモロコシのケースがもう一度起こると、それこそ欧米の種苗メーカーと潰すか潰されるかみたいな関係になりかねないよ」

「それはそれで、勝ち確定だからいいんじゃない？」

「次は下手すると相手が倒産するから、世界中の農業に影響が大きすぎるって」

「連中に関してはやり口がそろそろ目に余るから、もうちょっと痛い目にはあってほしいところなんだけどねえ」

「そこまでちょうどよく事が運ぶと思う？」

「さすがに無理かあ……」

「トウモロコシの時だって、もう少しで食料危機の引き金を引きかねなかったし、もしもの時を考えてそのあたりのバックアップを用意してからでないと、麦関係にはとても手を出せないよ」

「ってことは、世界中に輸出できるぐらいの種さえ在庫しておけば、やってもいいってこと？」

「そこまでされたら、さすがにね」

やたら食い下がってくる美優に根負けし、そう答える春菜。

この瞬間、現在世界中で行われている種苗の供給形態が終焉《しゅうえん》を迎えることが確定したのであった。

「でも、麦はともかく、米はそこまでの影響ないんじゃない？　今どき一種類すごい米が生まれたところで、全部がそれに置き換わることはあり得ないぐらい多様な品種があるし」

「まあ、そうなんだけどね。ただ、今更といえば今更なんだけど、一アールもないぐらいの田んぼで下手したら万トンぐらいの米ができるのって、不自然にもほどがあるから……」

「本当にそれ、今更だよ」

春菜が米づくりを控えていた理由を、ばっさり切り捨てる美優。

春菜が育てる農作物の収穫量が異常であることぐらい、すでに業界では広く知れ渡っている。

そこに米が加わったところで今更の話だし、数万トン新品種が出荷されたぐらいではさほどの影響はない。

さらに言うなら、新品種の問題にしてもジャポニカ米に関して言えば、ササニシキとコシヒカリが二大勢力だった頃と違い、今や日本の稲作は用途ごとに特化した品種を育て分ける状況になっている。

その用途ごと特化というのも最初はカレー、卵かけご飯、チャーハンくらいだったのが、今では牛丼専用に親子丼専用といった各種丼ごとに向いた品種を筆頭に、お茶漬け専用、焼き魚と相性最高ｅｔｃ……、というところまで細分化されている。

春菜達の日本の場合、最近では大手チェーンの料理や弁当に合わせた品種まで開発されており、今更一種類すごい米が生まれても最大需要である業務用に食い込むのは難しい状況で、国内向けに対する影響は大して出ない。

逆に言えば、新品種が出たからといって米を扱う種苗メーカーが潰しにかかる理由も薄いわけで、そんなに警戒しなくていいのは間違いない。

ジャポニカ米に関しては春菜達の地球の場合、欧米の種苗メーカーがほとんど扱っていないので、それが食料危機の引き金になるという警戒も必要ないだろう。

つまり、春菜が米を作ることに関しては、これといって障害となる要素はないのだ。

「……分かったよ。今年から作ってみる。ただ、どんな料理にも合うものすごいお米ができちゃっても、責任はとれないからね」

「大丈夫大丈夫。どうせ他の人が育てた場合、特化したお米には一歩か二歩及ばないってところに落ち着くだろうしさ」

春菜の不安を、そう一笑に付す美優。

根拠は潮見《しおみ》メロンをはじめとしたこれまでの高級品種達である。

「だいぶ話が逸《そ》れたけど、他に今日の時点で決められることとって、何かあったっけ？」

「……ん〜、こんなものかな？　ドレスのデザインは未来さんで縫うのは宏君だから、私は手を出せないし」

「そもそも、東君と春菜ちゃんは神衣を着るって話だしね」

「うん。神としてやる必要がある儀式だから、私はウェディングドレスでってわけにはいかないんだよ」

「じゃあ、今日のところはこれでおしまい。会場決まったらそこの厨房《ちゅうぼう》スタッフで料理の試作するから、春菜ちゃんが監修してね」

「了解」

これ以上は話が逸れまくると察し、打ち合わせを切り上げる美優と春菜。

こうして、二柱の神の結婚式という大きな儀式に向けて、準備が進んでいくのであった。

☆

「今更の話やねんけど、ちょっと困った問題に気ぃついてな」

「えっと、何かな?」

その日の晩、藤堂《とうどう》家の食卓。

新鮮な魚介を使った夕食を前に、宏がそんなことを切り出す。

なお、この場には宏と春菜の他に、今日は真琴と澪、エアリス、アルチェム、深雪がいる。

因みに、深雪もまだ結婚はしていない。現在結婚を前提とした付き合いがある男性はいるが、まだ具体的な話は何も出ていない状況である。

「困ったことって?」

「僕らの結婚式って、だいぶ特殊やん。なんとなくエルがやるイメージがあったけど、今回はそういうわけにいかんし、神主とか神父に当たる役を、誰に頼んだらええんやろ？」

「「「「「あっ」」」」」

宏に言われ、全員が同時に声を上げる。

自分達の衣装や会場に気を取られて、肝心の儀式そのものについて全く決めていなかったのだ。

「神の城でやる以上、地球の誰かを連れていってっていうのはダメよねえ」

「さすがにねえ。私が知ってる限り、呼べるような人は絶対拒否してくるだろうし」

真琴と春菜が、一番簡単そうな手段を真っ先に否定する。

そもそも、神の城に誰彼かまわず連れていけるのであれば、これまで苦労せずに済んだことはいろいろある。

「真琴姉《まことねえ》、春姉《はるねえ》。そもそも、他の神の使徒が儀式主導するの、あんまりよろしくない気がする」

「そうですね。私も真っ先にエリーゼという選択肢を排除しましたし」

真琴が提示した手段に対するもう一つの問題を、澪とエアリスが指摘する。

それを聞いて、その問題があったかという表情を浮かべる一同。

「その理屈だと、もともとエル様やアルチェムさんは駄目だよね？」

「そうですね。すでに完全にリンクが切れているとはいえ、私達も別の神の使徒ですし……」

深雪に突っ込まれ、難しい顔でそう答えるアルチェム。

神という存在は多分に概念的な要素を含むので、結婚式のような大きな儀式で下手を打つと、神話単位で上下関係ができかねない。

なので、今更なくせに実はかなり重大な問題だったりする。

「それ言いだしたら、儀式の手順とかどうするの、って話も出てくるよね……」

「それはあんまり気にせんでええんちゃうか？　割とどこの国も基本形は同じやし」

儀式の内容にまで話を広げる春菜に対し、一応そう主張しておく宏。

実際問題、結婚という概念と結婚式という儀式がある文化の場合、結婚式の内容は大体共通して、誰かもしくは何かの前で夫婦となることを誓うのが基本形となっている。

求婚のためにライオンを狩るだの太るだけ太って自力で立ち上がるだのという儀式がある文化も存在するが、どちらかというとそれらは例外だろうし、そもそも他の文化で言うところのプロポーズや婚約式の内容だろう。

なので、どんな形にしたところでどこかの文化や宗教と被《かぶ》るので、深く気にするだけ無駄というのも間違いではない。

「こう考えると、宏君と私が神衣にしたの、大正解だよね」

「まあ、僕らの出身的に衣装の影響はそんなにないやろうけどなあ」

「ん。服はどこまでいっても単なる服」

春菜のボヤキに、どちらかというと否定的な意見を述べる宏と澪。

そもそも、結婚式の主役となる五人のうち、主神となる二人を含む三人がいろんな国の服装を特に深く考えずに身にまとう文化で育っている。

ついでに言うと、よほどの上流階級かデザイナーでもない限り、正装の意味など知らないし気にしない文化でもあるので、ウェディングドレスだろうが白無垢《しろむく》だろうが美しくて神聖な雰囲気があれば何でもいいのだ。

「ただまあ、考えようによってはだけど、今回の結婚式であんた達が着る衣装って、今後神の城の世界で文明が起こったときに正装のベースになるんじゃないかしら？」

「あ〜、ありそう。となると、エル様とアルチェムさんがドレスになる都合上、洋服が基本の文明になるのかな？」

「どうでしょう？　そんなシンプルな話でもなさそうな気が……」

真琴と深雪の言葉に、首をかしげながら疑問を呈するエアリス。

宏にしろ春菜にしろ、権能の根っこの部分は多様性を良しとしている。

嫁がドレスを着ていたから洋服、なんて分かりやすい文明の育ち方をする気が全くしない。

「あの、話がとてつもなく逸れているような気がするんですけど、エル様や私はどう転んでも駄目だとして、儀式を担当できそうな人っていましたっけ？」

なぜか服のほうに話が逸れだしたのを見て、軌道修正を図るアルチェム。

それを聞いて、再び頭を抱える宏達。

「他の神様の使徒やなくて、神の城に入れて他に影響を及ぼさへん知的生命体っちゅうたら冬華《とうか》とラーちゃんぐらいやけど、ラーちゃんはさすがに無理やろ……」

「冬華もちょっと駄目じゃないかな？　直接私達が産んだわけじゃないっていっても、一応娘なわけだし……」

確実に自分達以外の影響はないと断言できる存在を挙げ、即座に否定する宏と春菜。

「というか師匠、ラーちゃんを知的生命体に分類するの？」

「少なくとも、ポメと違うて意思疎通できて知性は確実にあるやん。あと、ある種の文化と文明も持っとる感じやし」

「むう……、なんか納得してしまう……」

いくらなんでも芋虫のラーちゃんを含めるのはどうかと突っ込んで、逆に論破されてしまう澪。

その話を聞いて、神の城に常駐しているもう一人の人物について、首をかしげながら深雪が突っ込む。

「芋虫とか冬華ちゃんが候補に挙がるんだったら、ローリエちゃんはダメなの？」

「ローリエはなあ、だいぶグレーゾーンやねん……」

「ローリエちゃんは、前世が向こうの世界の大地神であるエルザさんの巫女《みこ》だから、その影響がどうなのかが微妙でねえ……」

深雪に問われ、悩ましい部分について答える宏と春菜。

すでに前世の記憶もなくエルザとの縁も完全に切れているローリエだが、エルザから直接託された魂魄《こんぱく》結晶を宏が作った体に埋め込んだことで誕生したという経緯は変わらない。

神の城の管理人を任されているので勘違いしがちだが、実のところ雇用関係ではあっても使徒や眷属《けんぞく》となる類《たぐい》の契約は何一つしていない。

なぜその種の契約をしていないのかというと、いずれ輪廻《りんね》の輪に戻して普通の人間としてフェアクロ世界に転生させる前提があったためだ。

さらに言うと、数世代重ねた呪いによってローリエの魂が受けたダメージは、まだまだ完全に癒えたとは言えない。

なので、いろんな意味でローリエは微妙な立場となっている。

「それ、本人にどうしたいか聞けば……、って答えは決まってるか……」

「ん。すでに、管理人であることがローリエのアイデンティティ」

自分で言いかけて自分で結論を出す深雪に、澪がそう指摘する。

結局のところ、本人に決定権を委ねていいのであれば、最初から問題になどならないのだ。

「結局この問題って、知り合いの神々に相談するしかないんじゃないでしょうか？」

どうにもなりそうにないとみて、アルチェムがそんなある種当たり前の結論を示す。

その結論に、春菜が大きくため息をつく。

それしかないのは分かるのだが、では誰に相談すべきなのかが悩ましい。

一番気軽に相談できるのは天音なのだが、権能の性質が輪廻転生関係に向いていない。

宏達の師でありそういう案件に強そうなアインは、格上すぎてかつ強すぎるため、そもそも迂闊《うかつ》に神の城に入ることができない。

本人はそんな下手を打つほど制御が甘いわけではないのだが、いかんせん神の城の完成度が低すぎるため、一定以上の格を持つ存在が入ると良くも悪くも多大な影響を受けてしまうのだ。

それでも成立してまだ十年程度しか経っていないことを考えれば、天音を入れて大丈夫ということ自体がすごいのだが。

「……輪廻転生に強くて神の城に入って大丈夫な格の神様って、知り合いにいないんだよね……」

「せやなあ。アルフェミナさんはエルとリンク切ってしもたから、基本的にもう無理やし」

「そうですね。エリーゼだと、そんなに頻繁に降神を行えませんし……。かといって、ザナフェル様は残念ながらまだ神域を出られるほど回復しておられませんし……」

「他の神々はせいぜいダルジャン様が、情報という観点である程度輪廻転生に通じている程度です。私の元主神であるアランウェン様は、権能の性質としては植物の特性である成長・拡大・維持・共生・継承ですし」

「……こう言っちゃあなんだけど、アランウェン様の性格と権能の乖離《かいり》が、ものすごく激しいわねえ……」

フェアクロ世界の神々について検討したところで、アルチェムが挙げたアランウェンの権能について思わずといった感じで突っ込む真琴。

アランウェンはフェアクロ世界の高位の神の中では、トップスリーに入るほど怠惰な性格をしている。

維持・共生・継承あたりはまだしも、成長と拡大はどうがんばってもイメージに合わない。

「えっと、そのダルジャン様って神様だと駄目なの？」

「深雪姉《みゆきねえ》も一度会えば分かるとは思うけど、癖の強い性格してるから別の意味であんまり当てにならない」

「なんかこう、適当なこと言って『それがお主らの宿命じゃ』の一言で終わらせそうなのよねえ」

「……ああ、そういう……」

澪と真琴にどんな神なのか説明されて、なんとなく納得する深雪。

そんな性格の神が情報関係の権能を持っていていいのかと思わなくもないが、他所《よそ》の世界のことなので深くは考えないことにする。

「とりあえず、どうしようもないから、まずは天音おばさんに相談かな」

「せやな」

ここでうだうだ話をしていてもしょうがないと、明日天音に相談することに決める春菜と宏。

そのタイミングで、春菜へメッセージが入る。

「何だろう？　……アインさんから、全部ローリエちゃんの意志に任せるのが最善っていうアドバイスが……」

「とは思うんだけど、どうやってローリエちゃんのことチェックしたんだろう……」

「教官がそない言うんやったら、それでええんやろう」

「教官やったら、どうとでもできるやろ。そういう存在やねんし」

唐突に、しかも狙ったかのようなタイミングで入ったアドバイスに、どうするべきかといった表情を浮かべる春菜。

それに対し、思考停止ともいえる一言でばっさり切り捨てる宏。

年季も実績も違えば権能の幅広さも底知れぬ相手に対し、悩むだけ無駄である。

「でしたら食事のあとでローリエさんに確認しましょう」

そう言って話を切り上げにかかるエアリス。

結局それしかないということで、大人しく美味《うま》い海鮮料理に舌鼓を打つ一同であった。

☆

「今すぐに眷属にしてください」

夕食後、神の城。大方の予想どおり、ローリエの答えは眷属化一択であった。

なお、急ぎの話だということで、今回は春菜と澪の二人だけが宏に同行している。

「迷いがないんはええことやけど、ほんまにそれでええかよう考えや？」

「ずっと考えていましたし、城の世界樹を通じてアルフェミナ様やアランウェン様、エルザ様とも何度も相談しました」

「そんなことしとったんや……」

「はい。因みに、アルフェミナ様やエルザ様の答えは、マスターが言い出すまで待つように、でした」

「なんか、えらいあっさり決まった感じやけど、ほんまにそれでええんか？」

「マスターがエルザ様に遠慮があったように、私もエルザ様の巫女であったことで、このまま眷属になることに遠慮がありました。でも、今更マスターのもとを離れて、というのも……」

ローリエの言葉に、深く納得する宏。

神の城が成立してからローリエ誕生までは、ほとんど時間が空いていない。

つまり、ローリエは実質的に、神の城が成立したときから管理人をしているといっても間違いではないだろう。

それだけ縁が深いと前世がどうかなど関係なく、神の城と深いつながりができてしまう。

ローリエにとって神の城は、宏とは違う意味で己の半身のようなものだ。

たとえ魂の傷が完全に癒えたとして、今更切り離して輪廻の輪へと言われても、という思いになるのも当然である。

「そういうわけですので、マスターがお嫌でないのであれば、私を眷属にしてください」

「……せやな。確かにもう、今更や。ほな、もったいぶらんとやってまうか」

ローリエに懇願され、一つ大きくため息をついて腹をくくる宏。

アインがローリエの意志に任せるように言い、その意志というのが宏に言われるまで我慢ということならば、今が最善のタイミングだったのだろう。

「身体を楽にして、全部受け入れるんや」

そう言って、ローリエの頭に手を置き、神気を流し込む宏。

ローリエの全身が光り輝き、徐々にその姿が大きくなっていく。

約十秒ほど変化が続き、光が収まったときにはすっかり大人になったローリエの姿が現れた。

「ありがとうございます、マスター。これからも、眷属として末永くお仕えさせてください」

「おう。これからもよろしくな」

大人になったことでやや高めのアルトボイスになった声でそう挨拶し、すっとメイドらしい一礼をしてみせるローリエ。

百六十五センチほどの高すぎない身長に澪と同等ぐらいの豊かな胸部、クールだがきつすぎない美貌。

ローリエは、男がメイドに求めそうなものがたくさん詰まった大人になっていた。

「……メイド服にサイズ自動調整がかかっててよかったね」

「せやな」

「というか、師匠、春姉。メイド服はともかく、下着にはサイズ自動調整かからないんじゃ……」

「「あっ」」

あまりにも違う体格にボソッと呟《つぶや》いた春菜の言葉に、言われてみればと同意する宏。

それに対して、かなり致命的な要素について澪が突っ込む。

「というわけだけど、ローリエ。そのあたりどうなってる？」

「今回は、マスターの眷属になる際に権能で自動的に作り替えられた模様です。ただ、あくまでもサイズが変わっただけで、現時点では特別な効果などはございません」

「なるほど」

澪の質問に対し、正直にそう答えるローリエ。

それを聞いた春菜が、少し考えてから口を開く。

「この感じだと、服以外にもいろいろ急に大人になっちゃった影響が出てそうだよね」

「せやな。ローリエはしばらく、そのあたりの確認と対応に専念やな。なんか必要なことがあったら、黙ってんとちゃんと言うてや」

「分かりました」

春菜の言葉に同意して方針を示しつつ念を押す宏に対し、素直に頷くローリエ。

それを見てから、ローリエを眷属にする話になったもともとの問題を解決しに動く。

「ほな、あとはローリエに司祭とかシャーマンとかそれっぽい服用意して、うちららしい結婚式っちゅうやつを決めたら、この話はいったん終わりやな」

「それに関してですが、儀式に関しては儀式装束を用意していただいたあとは私にすべてお任せください。多分ですが、衣装が決まればすべて自動的に決まると思いますので」

「なるほど、だったら任せるよ」

「せやったら、下手にデザインとかせんと、権能に決めさせたほうがええな」

ローリエの意見を聞いて儀式装束についてそう決め、権能を全開にして素材の霊糸からこの場で一気に作り上げる宏。

その結果できたのは、ギリシャ神話などでよく見かけるやたら露出度が高い儀式装束をベースに、シスターが着るような修道服と日本の神社の巫女装束をいい具合に神聖そうに見えるようミックスしたデザインの服であった。

「……なるほど、この衣装なら……。マスター、大体の段取りは決まりましたが、恐らくリハーサルなどなし、一発勝負でやる必要があると思います」

「そうか。ほな、本番を楽しみにしとくわ」

「はい。それまでにきっちり準備は済ませておきますので、マスターはマスターの準備を進めてください」

「了解や」

ローリエに言われ、笑顔でそう答える宏。

そこには、結婚に対してどこまでも後ろ向きだった男の面影は残っていない。

「結婚式に前向きになってくれたのはいいんだけど、だったら初夜に手を出してくれないかな？」

「ん。一人ずつでも全員同時でもバッチこい」

「自分で言うのも情けないんやけど、多分そのままの流れで事に及ぼうとしてもビビってしもて立たんのちゃうか？」

「「むう、手ごわい……」」

女性に言わせるようなことではないことを言わせた挙句、情けないことを言ってばっさり切り捨てる宏。

やはり、性的な要素に対するヘタレが抜けるまで、全員で最大限努力しても世紀単位の時間がかかりそうである。

「さすがにそのあたりは私ではどうにもなりませんので、皆様でどうにかがんばってください」

宏の身も蓋《ふた》もない言い分に対し、うっすら頬《ほお》を染めながらそんな結論を告げるローリエ。

そんなこんなで、結婚式そのものに対する問題は解決を見るのであった。

なお、急に大人になったローリエを見て、冬華が一週間ほどアップデートモードに入ったのはここだけの話である。

☆

そんなこんなで結婚式当日。

神の城の大聖堂、新婦の控室。

「みんな素敵だけど、なんだか不思議な景色……」

色を白に変えた神衣をまとい、結婚式用の化粧を済ませた春菜が、本日ともに花嫁となる三人の姿を見て、どことなく感慨深そうに言う。

未来ががんばってデザインした衣装のうち、ウェディングドレスはエアリスのもののみ。

澪とアルチェムは、この状況でなければ結婚式のための服だとは誰も思わないようなものを身にまとっていた。

「ん。まさかこう来るとは……」

天平《てんぴょう》時代の服をモチーフにしたオリエンタルな雰囲気の服を身にまとった澪が、呆《あき》れとも感心ともつかない声色で言う。

いくら地球の普通にとらわれなくてもいいといっても、そんな悠久の昔から持ってくるとは思わなかったのだ。

「私も、村の花嫁衣装を採用してくださるとは思いませんでした」

純白のチュニックに花冠、編み上げブーツという組み合わせをベースにいろいろとアレンジを加えた服装のアルチェムも、予想外だったことを素直に口にする。

こちらの印象は、ザ・ファンタジーという感じだ。

「なんだか、私だけ普通のウェディングドレスなのがちょっと寂しい気もします」

三者三様の衣装に、本当に寂しそうにそう言うエアリス。

エアリスのドレスもファーレーンの様式が入っており、さらに言うと統一性の問題でベールが省略されているのだが、それでもウェディングドレスの範疇《はんちゅう》に収まっていることは間違いない。

ただ、それでエアリスが浮いているかというとそうでもなく、四人全員で不思議な調和がとれている。

恐らく、ここでエアリスまで特殊な花嫁衣装だと、かえってとっ散らかった印象になっていただろう。

「ママー、そろそろ始まるって」

そんな風にわちゃわちゃやっていると、冬華が呼びに来る。

なんだかんだで冬華もそれなりに成長しており、今では八歳くらいの見た目になっている。

基本的に神の城から出ない生活なのは変わっていないが、彰蔵《しょうぞう》を見送ってからは年に何度か、長期休暇の時期に合わせて日本やフェアクロ世界に遊びに行くようになっている。

そんな冬華は今日、花嫁と花婿の先導役として、宏と春菜の神衣に合わせたデザインの服でおめかししている。

なお、新郎新婦の衣装についてはとっくに感想を言いつくしているため、今更冬華が『ママ達きれい』などと反応することはない。

「それじゃ、行こっか」

春菜に促され、澪達が無言のまま頷いて立ち上がる。

どうやら、今更緊張が襲ってきたようだ。

そんな春菜達を、冬華が楽しそうな足取りで先導する。

冬華に先導されて大聖堂の礼拝堂に入ると、そこにはすでに宏が待っていた。

「……」

「……」

無言のまま微笑みあうと、冬華に続き、参列者達の間を通って祭壇に立つローリエの前へと並んで進んでいく宏と春菜。

その後ろをしずしずと付き従う澪達。

一切の事前打ち合わせをしていないにもかかわらず、新郎新婦は自然と定位置で立ち止まる。

「我が主《あるじ》よ、偉大なる二柱よ。今日この時を無事に迎えられたこと、大いにお慶《よろこ》び申し上げます」

宏達の視線を受け、厳かに結婚式の始まりを告げるローリエ。

とはいえ、神と神の結婚だからか、のっけから微妙に仰々しい言葉でスタートしている。

「偉大なりし創造神よ、情愛深き時空神よ。我が主たる二柱よ。覚悟など問いませぬ。誓いの言葉など求めませぬ。ただ、その御心《みこころ》のままに、夫婦となったことをお示しくださいませ」

仰々しい言い回しで、結婚式にありがちな誓いの言葉をばっさり省略するローリエ。

神を相手に誓いを求めるなんて畏れ多いということなのだろうが、なかなかに大胆である。

ローリエに促され、深く抱きしめ合ってキスを交わす宏と春菜。

実は、唇を合わせるキスはこれが初めてだ。

そのせいか、それとも結婚式という儀式の一環だからか、口づけに合わせて柔らかで清浄な光が広がる。

「神成の時から比翼であった二柱が、只今《ただいま》を以《も》って真《まこと》なる夫婦となりました。二柱を支えるお三方。皆様にも、今更覚悟は問いませぬ。誓いの言葉は求めませぬ。各々《おのおの》の形で、永久《とわ》の愛をお示しください」

ローリエに促され、澪とアルチェムが宏と春菜に力いっぱい抱きつき、最後にエアリスが全員の唇にキスをする。

先ほど広がり祭壇を包み込んでいた光が、さらに大きく強く広がって礼拝堂を覆いつくす。

「春菜さん、澪、エル、アルチェム…………存在が擦り切れて消滅するまで、もう二度と離さる。

ここで何も言わないのも違うと考えた宏が、宏なりの精いっぱいの想《おも》いを妻となった四人に告げる。

宏の言葉を聞いた春菜達の表情を、他者が見るのは無粋とばかりにまばゆい光が覆い隠す。

「これにて婚姻の儀は成《な》りました。願わくば、皆様に永久《とわ》の愛と幸せがあらんことを」

一連の奇跡が落ち着くのを待って、ローリエが高らかにそう宣言する。

ローリエの宣言に合わせて鐘が鳴り、聖堂全域で花が咲き、花吹雪が礼拝堂に降り注ぐ。

その美しい奇跡に息を飲む参列者達の間を通って退場する宏達。

こうして、宏達は無事に夫婦となったのであった。

なお、初夜に関しては宏の予言どおりになったのは言うまでもない。

真・エピローグ

「綾瀬《あやせ》教授が引退ねえ……」

「一応、戸籍上の年齢は八十歳だから、妥当といえば妥当かな？」

「あたしももうアラ還だし、なんだか、時が流れるのは速いわねえ……」

宏《ひろし》達の結婚式から二十数年後。

春菜《はるな》達の自宅。

久しぶりに家に来た真琴《まこと》との茶飲み話で、そんな話題が話に上る。

なお、春菜は結婚後すぐ、真琴もその半年後に藤堂《とうどう》家を出ており、それぞれ別の家に住んでいる。

現在の真琴は年齢を考えると若々しいがそれでも常識の範囲という老い具合で、春菜は素直に五十代になったときの自分に外見を調整している。

もっとも春菜の場合、五十代の容姿が二十代の頃とまるで変わったように見えないので、調整している意味はほぼないのだが。

これに関しては母の雪菜《ゆきな》がそうだったし、深雪《みゆき》や俊和《としかず》も現在二十代の頃の容姿と全く変わっていないので、間違いなく血筋の問題だろう。

「最近、時の流れの速さを実感する話をよく聞くよ、実際」

「へえ、たとえば？」

「一番びっくりしたのは、深雪の上の子が学生結婚して子供産んだことかな」

「そりゃまあ、びっくりするわね。あたしも今聞いて驚いたし」

春菜の爆弾発言に、心底驚いた表情を浮かべる真琴。

深雪とはそれなりの頻度で顔を合わせるが、さすがにその子供達とはそこまで面識がない。

特に深雪の上の子は達也《たつや》の子供とも真琴自身の子供とも学年が違うため、いまいち縁がなかったのだ。

因《ちなみ》みに真琴は、なんだかんだで悠馬《ゆうま》と結婚し、男の子を一人と女の子を二人産んでいる。

「他所《よそ》の子がらみは、菫《すみれ》が結婚したときに初恋こじらせた真人《まさと》のやけ酒に伸也《しんや》と一緒に付き合わされたところで止まってるわ……」

「そういえば、あったねそんなこと」

数年前の出来事を思い出し、苦笑しながらそう応じる春菜。

真琴が口にした真人というのは澪《みお》の年の離れた弟、伸也というのは達也の息子で菫の弟である。

真人と伸也が同い年なこともあって、大体一緒に行動していた。

そのせいか思春期を迎える頃には、真人はすっかり菫に惚《ほ》れ込んでいたのだ。

「でも、その真人君も、ちゃんと新しい恋人作って今度結婚するから、いろいろと安心したよ」

「そうなの？」

「うん。授かり婚なのがちょっと気になるところだけど、経緯を聞くとしょうがないかなって部分があるから、素直に祝福するつもり」

「いったい何があったのよ……」

「真人君の奥さんになる娘《こ》、ずっと真人君のこと好きで心配してたらしくてね。そのままほっとくと絶対ダメになるからって実力行使で既成事実作ったら、その一回でっていう……」

「……」

恐ろしくアグレッシブな経過とやり口に、思わず絶句する真琴。

とはいえ、そこまでやらなければ真人が本当にダメになっていたのも、そこまでやったからこそ初恋を吹っ切って立ち直ったのも事実である。

そもそも、相手の女性が無茶をしたのも、本心ではすでに彼女に陥落して思わせぶりな態度を取りまくっていたくせに、もはやどうにもならない初恋をうじうじと引きずって逃げ回っていた真人の責任が大きい。

なので、ある意味収まるべきところに収まったともいえる。

「知らないうちに、子供達も所帯を持つ年頃になってるのねえ……」

「そりゃあ、菫ちゃんがもう三十歳超えて二児の母だし」

「うちは結婚も出産も遅かったから、ようやく手がかからなくなってきたってところなのよねえ」

「茜《あかね》ちゃんが今高校生だっけ？」

「ええ。来年大学受験ね。悠馬がいろいろ先走って、合コンになんか絶対行かせないとか、彼氏連れてきても認めないとかほざいてたわねえ。それに翔馬《しょうま》と忍《しのぶ》が呆《あき》れてたわ」

「男親ってそういうところあるよね」

真琴の長女、茜に関する悠馬のエピソードを聞いて、他にもよく聞く話だと笑う春菜。

達也はそんなことはなかったが、女の子が生まれた友人や親戚はよくそういう話をしていた。

なお、翔馬と忍は現在中学二年生の双子の男女で、茜の弟と妹である。

双子は反抗期真《ま》っ只中《ただなか》だが、子供なりに真琴を本気で怒らせたらヤバいと本能で察しているようで、せいぜい悪態をつくぐらいのレベルで落ち着いている。

漫画家としてヒット作も多数出し、お金の面では全く苦労せずに来た真琴ではあるが、それでもお金で解決できない苦労はいろいろあるようで、反抗期が軽めであることもあって、ようやく肩の荷が下りつつあるというところだ。

「子供といえばもう何年も冬華《とうか》に会ってないけど、今どんな感じ？」

「体格的には中学生ぐらいになったかな？　大分落ちなくなってきたけど、それでも年に何回かはアップデートモードに入る感じ」

子供の話題ということで、せっかくだから冬華についても話を振る真琴。

ここ数年神の城自体に行っていないため、真琴の中での冬華は十歳ぐらいの外見のところで印象が止まっている。

「そういう話聞いてると、なんであんた達がいまだに童貞と処女のままなのか、非常に気になるのよねえ」

「どうにも、最初にタイミングを外しちゃった関係で、なかなかそういう雰囲気にならなくなっちゃって……」

「あるあるねえ」

「あとね、なぜか雰囲気が盛り上がったときに限って、絶対対処しなきゃいけない系の何かが起こっちゃって……」

「それ、あんたの体質が何か仕事してるんじゃない？」

「かも。で、そうやって水差されると、そう簡単にもう一回って気分に切り替わらなくてずるずると……」

「やる気とか気分ってそういうものよね、実際。しかも、あんた達の場合百年賢者モードだから、盛り上がりにくいくせに冷めやすいとかありそうだし」

「あ～、それはあるかも……」

周囲が子孫繁栄をしている中、いまだに清い身体のままずるずる引っ張っている春菜の事情を聞き、さもありなんと頷《うなず》く真琴。

春菜達の場合、百年賢者モードの影響で性的な事柄は宏がスイッチを握っている関係上、よほど雰囲気が盛り上がる何かがないと宏をその気にさせること自体が難しい。

この、性的な意味で雰囲気が盛り上がる何か、というのがなかなかないうえに、雰囲気頼りなので水を差されるとあっという間にご破算になってしまうのだ。

最初から予想はしていたが、この分では真琴が生きている間には何も進展がなさそうだ。

「そういや、あんた達ほどではないけど、ファム達もなかなかの状況になってるみたいね」

「うん。結局、誰かと男女交際したのってファムちゃんだけみたいだし、そのファムちゃんもそこで終わったみたいだしね」

「マーク殿下は？」

「ウルスの工房に入った四回目の新人の一人が、周囲の手助けを借りながらアタックを繰り返して見事に射止めたらしいよ。直接は見てないから正確なところは分からないけど」

宏達の進展のなさから、なんとなくウルスの状況に話を移す真琴と春菜。

創始者が創始者だからか、少なくとも直弟子に当たるファム、テレス、ノーラの恋愛や結婚の事情はなかなかに悲惨な状況だ。

この件に関してはむしろ周囲がやきもきしているのだが、今まで一度も男女交際まで発展しなかったテレスとノーラはすでに完全に諦めきっているし、唯一希望があったファムも歩調が合わない相手と付き合っても続かないと悟ったようなことを言っている。

とはいえ、少なくともファムは一度結婚を前提とした男女交際まで進展したこともあり、現在も別に男女交際を拒否しているわけでもないので、まだ希望がある状況だ。

「ライムは相変わらず？」

「うん。まあ、さすがに結婚して夫婦になった私達がまだ清い身体だから、そこに割り込んでっていうのは諦めてるみたいだけど」

「そこまで無謀じゃなかったことに安心していいのか、それともこの期に及んでまだ完全には諦めていないことを嘆けばいいのか、複雑なところねえ」

「私が口を挟んでいいことじゃないんだけど、このままライムちゃんに不毛な努力を続けさせていいのか悩ましいところなんだよね……」

「そうねえ……。寿命が長くなってるのも考えものねえ……」

ライムの現状を聞いて、遠い目をしてしまう真琴。

直弟子に当たるファムとライム、テレス、ノーラの四人は肉体が最盛期になった時点で老化が止まり、実質的に寿命で死ぬことはなくなっている。

彼女達の老化が止まった理由はシンプルで、いくつか生産のエクストラスキルを習得し、自分で作ったアムリタやソーマを常飲するようになったからである。

その関係で、ものづくり以外の様々なことについてのんびりとしてしまう、もしくは諦めが悪くなっている。

ファムが交際相手をばっさり振ったのも、ライムがいまだに諦め悪く宏にアタックを続けるのも、結局のところタイムオーバーが存在しないことが根源にあるのは間違いない。

同じくレイニーも宏にアタックを続けているが、こちらは昔からのやり取りを続けている感じなので、良くも悪くもあまり変化はない。

「正直、あたしは神化しないようがんばって正解だったってつくづく思うわ」

「真琴さんはそんな感じだったよね」

「ええ。まあ、本音を言うと、いろいろと羨《うらや》ましいと思わないわけじゃないのよ」

「そうなの？」

「大した話じゃないんだけどね。別に顔がしわくちゃになるとかそういうのは気にならないんだけど、年とともに襲ってくる老眼に四十肩に更年期障害なんかと無縁でいられるっていうのだけは、心底羨ましいのよねえ。だんだん、美味《おい》しいものもそんなに食べられなくなってきてるし」

「ああ、そういう……」

羨ましい理由について、ものすごく納得してしまう春菜。

実際、還暦が近くなって思うことは、肉体が老化しないというのもあまりいいものではないなという一点である。

「でも、真琴さんは健康診断の結果、特に悪くないよね？」

「ええ。この年ではありえないぐらいの健康体よ。でも、健康体だからって老眼にならないわけでも食が細くならないわけでもないから」

「亜神になりかけぐらいだと、そういうのは防げないんだ……」

「多分だけど、老化が止まるレベルでないと無理なんじゃない？」

加齢の影響について、そんな風に結論を出す真琴。

こんなことでも、なってみないと分からないことというのは結構あるものだ。

「まあ、あたしと達也と詩織《しおり》さんはがんばってもあと五十年ぐらいでしょうけど、その時が来ても気落ちしちゃだめよ？」

「さすがにまだ早すぎない？」

「五十年なんて割とあっという間だし、気がついたときに言っとかないとね」

「いや、だからって……」

「それにね、最近あたし達の話題が病気と年金と保険と子供と孫の話に偏っちゃっててねえ。典型的な年寄りの話題になってる自覚があるから、覚悟だけは決めておいてもらったほうがいいかなって思ったのよ」

「……そうなの？」

「そうなの。これで昔の話のウェイトが増えたら、もう秒読み段階じゃないかしら」

そんな寂しいことを、なぜか笑顔で言い切る真琴。

どうやら真琴は、寿命で死ぬこと自体は特にネガティブにとらえていないようだ。

「どっちかって言うと、あたし達の場合、死後に魂がどうなっちゃうのかのほうが心配ね」

「そこはもう、なるようにしかならないから。私みたいに死んだことで神化しちゃったら、そういうものだと受け入れて」

「そうなったらそうなったで、しょうがないわね」

そう言って、からからと笑う真琴。

年月を重ねてなんとなく残り時間を感じさせる時期に至っても、春菜達の関係はさほど大きく変わらず続いていくのであった。

あとがき

本編が全20巻、後日談のがんばる編が全10巻の合計30冊＋ヨムゾンボックス2本という大ボリュームになってしまった『フェアクロ』も、ついに完結しました。

最終巻であるがんばる編10巻発売時点でWｅｂ版の投稿開始から十一年ちょっと、書籍版1巻の販売から約十年。Wｅｂ版投稿前の執筆期間も含めると恐らく十二年近くになります。

一つの作品がよくもまあここまで続いたものだと今さらながらに驚くとともに、無事完結できたことについては肩の荷が下りた感じです。

商業作家としてのデビュー作であり、初めて打ち切りにならずに完結まで持ち込めた商業作品である『フェアクロ』ですが、反省点は山ほどあります。

個人的に一番の反省点は、巫女《みこ》の設定を入れてしまったがために、おっさんや爺様《じいさま》キャラを出す余地を大きく狭めてしまったことでしょう。

巫女の設定は物語を進めるうえでのギミックとしては大いに役立った半面、出せるキャラが女性に限定されるという欠点がありました。

そこでお婆《ばあ》さんの巫女を一人ぐらい交ぜればよかったのですが、書いている時はよくて三十代までにしておかないと儀式をするための体力がもたないという思い込みで、結局登場した巫女は年長でもプリムラやサーシャの二十代前半になってしまいました。

まあ、宏の女性恐怖症という設定を考えれば、女性が増えるのは主人公をいじめるネタが増えるということで、悪いことばかりではなかったのですが。

他にも、漢字二文字ひらがな六文字というコンセプトで主人公の名前を決めた際、作者の本名に似た名前になったからと背景設定に自身のそれを安易に流用したのは、まるで自分を自己投影しているようになってしまってちょっと失敗だったかな、と思っています。

連載をはじめた時にはここまで作品が大きくなるとは考えてなかったので、ちょっと浅はかだったなあと反省しています。

余談ながら、作者が理想を詰め込んだ人物は、実は達兄《たつにい》で春菜《はるな》さんではなかったりします。ただ、理想のキャラだからこそ、逆に動かしきれなかったところは大いにあります。

そのあたりの反省は今執筆中のものも含めて、今後の作品に生かせたらと思っています。


今作は書き始めた段階で、ダール編までと本編のラストシーンだけプロットを立てて書き進めていたのですが、実のところプロットどおりに進んだのは日本人メンバー集合くらいまで。

敵の行動はほぼプロットどおりですが、宏達はちょくちょく予定になかったことをしていますし、ポメをはじめ思いつきで増やしたアイテムや素材も結構あります。

エルフの森編にしても、当初の予定ではオクトガルは存在していませんでした。

それでもまだファーレーン編とエルフの森編はラストシーンが予定どおりになっただけましで、ダール編は宏が潜地艇を作って地下に潜ってしまったところから、最初のプロットは影も形もなくなっています。

そこから後ろは完全に見切り発車の自転車操業でどうにかつじつまを合わせていたため、Ｗｅｂ版の時点では大きな矛盾を見落としていて、書籍になる際に必死になって修正したことも何度もありました。
本当は作家としては駄目なことなのでしょうけど、執筆期間が長くなると作者の考え方も変わってくれれば執筆開始の頃には見えなかったキャラの一面も見えてくるため、個人的には当初の予定を変更するのは仕方がないことだと考えます。

そんなこんなで完結まで十年以上続いた『フェアクロ』ですが、ずっと一緒に作品作りを続けてくれた担当の佐藤さんや素晴らしいイラストを描いてくださったｒｉｃｃｉさん、そして何よりずっと応援してくださった読者の皆様のお力がなければ、恐らく完結まで続かず心が折れてしまったことでしょう。
商業作家としてのデビュー作となったと同時に、執筆期間が過去最長になった作品でもあったため、特にモチベーションというか執念を維持するのに、皆様の応援が大きな力となったことは間違いありません。
小説としての宏達の物語はこれで終わりですが、コミカライズも続いていますので、これからも応援のほうよろしくお願いします。

それでは、またいずれ次の作品でお会いできれば幸いです。

令和五年七月　埴輪星人

Thank you for 10 years!
Vicci

MFブックス

春菜《はるな》ちゃん、がんばる? フェアリーテイル・クロニクル 10

2023年8月25日 初版第一刷発行

著者 埴輪星人
発行者 山下直久
発行 株式会社KADOKAWA
〒102-8177 東京都千代田区富士見2-13-3
0570-002-301(ナビダイヤル)
印刷・製本 株式会社広済堂ネクスト
ISBN 978-4-04-682657-2 C0093

企画 株式会社フロンティアワークス
担当編集 今井遼介/下澤鮎美/佐藤 裕(株式会社フロンティアワークス)
ブックデザイン ragtime
デザインフォーマット AFTERGLOW
イラスト ricci

本シリーズは「小説家になろう」(https://syosetu.com/)初出の作品を加筆の上書籍化したものです。

この作品はフィクションです。実在の人物・団体・事件・地名・名称等とは一切関係ありません。

カリグラファーの美文字異世界生活
L'histoire d'Isgloriest
～コレクションと文字魔法で日常生活無双？～
【著】磯風
【イラスト】戸部淑
STORY
突然、異世界に転移した拓斗。神様もいないし、どうしたら……と思ったら、彼は自身の『コレクション』とカリグラフィーの【文字魔法】に気がついた！　普通に暮らしてるつもりが全然普通じゃない異世界生活物語。
カリグラフィーを駆使した【文字魔法】で美味しいものや物作りをするぞ！
MFブックス新シリーズ発売中!!

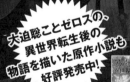

無職転生
~蛇足編~
理不尽な孫の手
Rifujin na Magonote
イラスト:シロタカ
本編の続きを描く物語集、
『蛇足編』開幕!
ビヘイリル王国での決戦の末、勝利した
ルーデウス・グレイラット。
彼を取り巻く人々のその後を描く物語集
『**蛇足編**』が開幕!
シリーズ第1巻ではノルンの結婚話
『**ウェディング・オブ・ノルン**』、
ルーシーの初登校を描く
『**ルーシーとパパ**』、
ドーガとイゾルテの婚活話
『**アスラ七騎士物語**』に加え、
ギレーヌの里帰りを描く書き下ろし短編、
『**かつて狂犬と呼ばれた女**』の四編を収録。
人生やり直し型転生ファンタジー、
激闘の**その後の物語**がここに!
MFブックス新シリーズ発売中!!
MFブックス